田中啓文

# 若旦那は名探偵
# 七不思議なのに八つある

実業之日本社

実業之日本社文庫

# 目次

扉イラスト／伊野孝行
目次・扉デザイン／大岡喜直（next door design）

# 猪(しし)はどこに行った

# 1

秋空はすっきりと晴れ上がり、高く高く、どこまでも見通せるほどだ。とんびのつがいが「ぴんよろろ……」と笛を吹きながら飛び交っている下、日本橋のど真ん中を、肩をいからせたひとりの男が渡っていた。ぼやけた縞柄の着物によれよれの羽織をひっかけ、紺の股引をはいた町人である。胸を反らせ、帯の十手を見せつけるように歩いている。

「馬喰町の親分さん、お早うございます」

「おう！」

すれ違う顔見知りに挨拶されるたび、うれしそうに声を張る。どうやらかなりの顔役らしい。じつはこの男、日本橋界隈を縄張りにしている「馬喰町の伴次」という岡っ引きであった。歳は三十七、八。眉と目じりが垂れ下がり、団子鼻で、歯は煙草のヤニで黄色に染まっているという貧相な顔立ちだが、十手持ちには珍しく「男伊達」を気取っており、無暗に威張らず、お上のご威光を笠に着ず、地元の連中に金をたからず、相談には親身に乗る……というところから、皆に慕われていた。ただ、目明しとしての腕がパッとしないのが玉に瑕であった。

橋を渡り切ろうとしたとき、

「伴次！　伴次やないか！」

後ろから声がかかった。振り返ったのが運のつきであった。そこに立っていたのはひょろりとした柳のように痩せた男だった。真っ赤な牡丹を散らした派手な女ものの浴衣を着、背中に袋に入った三味線を背負っている。手を袖に入れ、にやにやと笑いながらこちらを見ているが、歳は二十五歳ぐらいか。顔はほっそりとして、鼻筋が通り、おちょぼ口の優男……。

「わ、若旦那……！　若旦那じゃありませんか！　どうして江戸に……」

「へっへっへっ……いろいろとわけがあるのや。ここで会うたが百年目。つもる話がしたいねん。かまへんやろ？」

「そりゃあようがすが……若旦那のお住まいは……」

「こっちに出てきたばっかりでな、まだ決めてないのや」

「じゃあ旅籠かなにかにお泊まりで……？」

「いや……じつは金がないさかい木賃宿にも泊まれん。とりあえずおまえとこ行こ。なんぞ食わせてくれ。腹がぺこぺこに減っとるさかい……さあ、行こ行こ、早よ行こ、とっとと行こ。膳は急げ、て言うやろ」

それを聞いたとき、伴次はなんとなく嫌ーな気がしたのだが、その予感は当たることになった。

葺屋町の市村座は江戸三座のひとつである。三座は、公儀から興行を許された官許の芝居小屋であり、たいへんな格式を有していた。秋興行の出しものは久しぶりの「仮名手本忠臣蔵」十一段の通しで、今ちょうど四段目が終わったところだった。

四段目という幕は、腹を切った塩冶判官のもとに大星由良之助が駆けつけ、主人に復讐を誓うという前半最大の見せ場や、城明け渡しの場面などもあって、由良之助役にとっては大いに骨が折れるところだ。座頭で大星由良之助役と早野勘平を務める市川韮十郎は、さすがの熱演で満員の観客を魅了した。

四段目というのは「通さん場」の異名があり、客の出入りを止めてしまう。それぐらい緊張感のある場面である。今は長い休憩がはじまったところだ。韮十郎は小屋の三階にある座頭部屋に戻って分厚い座布団に座り、腕組みをしながら目のまえの中村葱蔵を睨み据えていた。葱蔵は少し顔を上げ、

「親方……それじゃあどうしても私に定九郎の役を降りろ、とこうおっしゃいますので？」

「おめえもくどいな。何遍言わせるんだ。おめえの定九郎、随分と人気が高いんだってな。俺も観たが、なかなかの工夫だ。俺がせがれの百十郎にぴったりだ。あいつにその役、くれてやってくれ」

「さきほどそれを聞いて寝耳に水の驚きでございました。楽までまだ残り日数のあるときに役を替えるとはいくらなんでも……」

「ひでえ、と言うのか」

「いや……その……定九郎は私が苦心を重ねて工夫して、今のようにお客さまにお褒めいただく役柄にこしらえたもの。たとい大恩ある親方の頼みでもこればかりはお譲りいたしかねます」

忠臣蔵五段目山崎街道の場に登場する「斧定九郎」はもともと石川五右衛門のような百日鬘にどてら、山刀……という山賊まがいの恰好をした追いはぎで、下回りの役者が演じるような役だった。今回の興行の座頭を務める韮十郎は、定九郎たったひと役を葱蔵に割り振ったのである。近頃、韮十郎は葱蔵を目の仇にしているように無理難題をふっかけてくる。

（またいつもの嫌がらせか……）

とはわかっていたが、葱蔵はめげなかった。役者一筋、この道で生きていくと心に誓った身だ。苦心を重ね、山賊だった定九郎を、五分月代に白塗りの顔、手足も白く塗って、衣装も黒羽二重の着流しに白献上の帯、朱鞘の大小という凄みのある二枚目風の浪人という人物に作り替えた。これが初日以来評判を取り、葱蔵見たさの見物が増えているのだ。

「頼みじゃねえ。これは命令だ」

「それはあまりにご無体な仰せ……」

「無体だと？」

韮十郎はただでさえ大きな目玉をいっそうひん剝き、

「おい、おめえ、いつのまにそんなでけえ口がきけるようになったんだ。三階（大部屋）だったおめえを、見どころがあるからと、まわりの反対を押し切って、こうして名題にまでしてやったのはだれだか忘れたのか」

「親方の恩義は一日たりとも忘れたことはございません。ですが、ただの端役だった定九郎を今のような二枚目の役にこしらえたのは私の手柄……」

「その手柄も工夫も全部、百十郎に譲ってくれろ。俺の考えじゃあ、定九郎はうちのせがれにはまる役なんだ。おめえよりも、ずんとな」

市川韮十郎は、人気と実力を兼ね備えた押しも押されもせぬ名優として江戸歌舞伎に君臨していた。彼はほんの気まぐれで、大部屋役者だった葱蔵に役をつけてやり、自分の弟子にした。それは「顔立ちが二枚目顔だ」というだけの理由からだったが、以来葱蔵は必死の精進を重ね、とうとう名題にまで出世したのだ。

役者の階級はうえから順に「名題」「相中」「中通り」「下立役」……と決まっている。最下位のものは自分の楽屋が与えられずに大部屋に溜まっており、生涯出世の見込みはない。セリフのないその他大勢のひとりか動物の役しかもらえないのだ。おのれの工夫で這いあがり、名題になった葱蔵は、わずかな成功例といえた。

すでに高齢といえる韮十郎は、自分の権勢が衰えぬうちに実子である市川百十郎を売り出さねばならない、と考えているのだろう。今回の忠臣蔵でも、百十郎は塩冶判官の役を振られている。

百十郎と葱蔵は、同じような毛色の役者である。

（親方は、百十郎の売り出しには、先輩格の俺が邪魔になる、と思ってなさるのだ……）

と葱蔵は思っていた。葱蔵の方がずっと芸達者で芝居勘もいい。韮十郎は、葱蔵の人気を削ごうとしているにちがいない。葱蔵がよその一座に行かぬよう一種の飼い殺しにし、端役ばかり振っておけば自然と人気は衰える。葱蔵を名題にしたのが韮十郎であることは江戸歌舞伎界のだれもが知っているし、韮十郎に楯突いてまで自分の一座で使おうとする座頭もいなかった。

「百十郎さんは判官と定九郎のふた役ですか。――じゃあ、私はどうなるんです」

韮十郎は皮肉な笑みを浮かべ、

「おめえは……そうさなあ、まさか由良之助だ、勘平だ、というわけにもいくめえ」

「私は、忠臣蔵ならどんな役でもやれます！」

「ふふふ、そうかい。じゃあ由良之助……と言いたいところだが、まあ、与市兵衛でもやってもらおうか」

葱蔵の顔がこわばった。たしかに与市兵衛は、「五十両……」とたった一言しかセリフがない定九郎に比べればセリフも多く、渋みがあって重要な役どころではあるが、よぼよぼの老人で、すぐに定九郎に殺されてしまう。役割番付に役名が出ることもない。そんな役では、せっかく二枚目として高まりつつある人気も急落するだろう。

「嫌か。嫌でもなんでも『うん』と言え。それしかおめえの取る道はねえ。さあ……返事をしねえか！」

葱蔵は下を向いて押し黙った。

「どうした？　役者のくせに口がきけねえのか」

それでも無言でいる葱蔵の横面を韮十郎は思い切り殴りつけた。年寄りだがたいへんな力だ。吹っ飛んで、しばらく起き上がれずにいた葱蔵に韮十郎は馬乗りになり、胸倉をつかんで、

「いいか、このこと承知するか、役者をやめるか、ふたつにひとつだ。俺にはそういう力があるんだぜ」

葱蔵は上半身を起こして、切れた唇の血を手の甲で拭き、

「承知……いたしました……」

「へっ、上方にでも行くならともかく、俺の目が届くこの江戸にいるあいだはおめえに自由なんざこれっぽっちもねえんだ。よく覚えておけ」

「じゃあ……明日(あした)っから役を替わります」

「ははは……なにを寝言言ってやがるんだ。役を替わるのは明日からじゃねえ。今日からだ」

「――えっ？」

「もうじき五段目が始まる。百十郎には、おめえの定九郎をよく見て覚えておくよう

に言ってあるし、実は毎晩、家でも稽古させてるんだ。はじめは下手ぁ打っても、一日でも早く客まえで演（や）った方がいい。すぐにその衣装を脱いで、百十郎に渡してやってくれ。おめえと百十郎は背丈も肉付きも似てるから似合うだろう。おめえはもう定九郎をすることはねえんだから、衣装に用はあるめえ」

「私の与市兵衛の衣装は……」

　役者の衣装は役者自身が自前で用意するものなのである。

「団助（だんすけ）（与市兵衛役の役者）にはなにも言ってねえから、今日はあいつにやってもらう。明日までに支度しておけ」

「私の今日の出番はなし、ということですか……」

「まあ、そういうことになるな。一日だけだ。辛抱しねえ」

　葱蔵は肩を落とした。そのとき、

「親方……！」

　やや緊迫した声が廊下からかかった。頭取の岩井久兵衛（いわいきゅうべえ）である。頭取というのは、興行の間、一座の楽屋や役者のすべてを取り仕切る役目だ。つねに一階の頭取部屋に陣取り、目を光らせている。

「なんだ」

「妙太郎が……」

「聞いたことのない名前だな」

「稲荷町（大部屋役者のこと）なんで親方がご存じないのは無理ありません。猪を務めております。昨日の晩に食ったブリのアラに当たったとみえて、今朝から七転八倒の苦しみだとか」

「しょうがねえ野郎だ」

「だもんで、五段目のシシはだれかほかのものにやらせようと思いますが……」

「そんなつまらねえ役はいくらでも替えが利くだろう。だれでもいいから三階の連中にやらせりゃいい。シシの恰好をして走り回るだけなんだから……」

仮名手本忠臣蔵五段目後半のだんどりはつぎのとおりである。

とっぷりと日の暮れた山崎街道、かなり強い雨が降っている。左右に草むらがあり、松の木などが生えていて、舞台の中央には稲の束がずらりと掛けられた「掛稲」がある。刈り取って束ねた稲を乾かすため、横棒に何段にも掛けたものである。そこにとぼとぼとやってくるのは老百姓与市兵衛。ふところには今しがた娘お軽を女郎に売って得た五十両という大金が入っている。与市兵衛は掛稲のまえに座り、この金があればお軽の婿である早野勘平が武士としての面目を保つことができる、ありがたや……

と財布ごと押しいただいたとき、掛稲のまんなかからにゅうと白い腕が伸び、その財布を奪う。驚く与市兵衛のまえに、掛稲のなかから現れるのは浪人斧定九郎である。定九郎は与市兵衛を刺し殺し、財布のなかの金を数え始める。

「五十両……」

満足げにそう言い放つと、金をふところに入れ、与市兵衛の死骸を谷底に蹴り落とす。歩み去ろうとしたとき、花道から猪が猛烈な勢いで駆けてくる。危ない、と定九郎はふたたび掛稲のなかに隠れる。猪は舞台をひと回りして上手に消える。もうよかろう、と定九郎が掛稲から再度登場したとき、雨に濡れた地面に足を滑らせる。そこにバン！　という鉄砲の音が聞こえ、定九郎は苦悶のすえ、口から鮮血を滴らせて絶命する。

花道からやってきたのは鉄砲を持った勘平である。彼は猪を仕留めたと思っているが、明かり代わりの火縄をくるくる振り回しているうちに、うっかり火を消してしまう。暗闇のなかを探り探り猪の死骸を見つけようとしていると、定九郎の死骸につまずく。猪ではなく人間だと気づき、自分はひとを誤射してしまったのかとおののく勘平が、薬でも持っていないかとそのふところを探っていると、五十両の入った財布が手に触り、どうしても金が必要だった勘平はその財布を持ち帰ってしまう。そして、続く六段目では、その財布が義父である与市兵衛のものだと知った勘平は、義父を殺してしまったと勘違いして切腹してしまうのだ。

偶然に偶然が重なって悲劇を生むという物語だが、ここでの凄みのある定九郎の造形こそ葱蔵の工夫なのである。

「ではシシは適当に三階から見つくろいまして……」

頭取の岩井久兵衛がそう言ったとき、

「おい、ちょいとお待ち。今日は何月何日だ?」

「へえ、十月のついたちで……」

「てえことは、今年のお亥猪の日じゃあねえか」

「そういうことになりますね」

「俺は知ってのとおり、亥年のお亥猪の日の生まれで、乳の代わりに亥の子餅を食っていたほどの猪の申し子だ。こういうのはどうだろう。見物もみんな、俺が亥年お亥猪の生まれだてえことは心得てくれているはず。俺がシシに入って見得を切りゃあ、このシシは成石屋だってことに気づくだろう。座頭がシシになるなんて前代未聞だ。亥年のお亥猪だけの御馳走で、みんな喜んでくれると思うがどうだね」

御馳走というのは、看板役者が自分が本来演じるべき役どころよりずっと下位の端役をわざとやることだ。通客は大喜びする。

「そりゃあよろしゅうございますな。おめでたいご趣向で評判になること間違いござんせん。ですが、失礼ながら座頭はシシに入ったことは……」

「へっへっ……あるわけねえだろ。でも、ぴょんぴょん跳びはねてりゃなんとかならあね。猪を上手く演るんじゃねえ。俺だってことが客にわかりゃあいいのさ。すまねえが茶色の股引とシシのかぶりものを支度してくんな。鳥屋（花道の揚幕の内側にある小部屋）に置いとくと着替えでバレちまうから、鳥屋のすぐ下あたりの地下道に置いといてくんな。このことは役者連中や裏方にも内緒にして、仰天させてやりてえんだ」

「承知いたしました。小道具の衝立の陰に隠しておきまさあ」

久兵衛は頭を下げて座頭部屋から出ていこうとした。

「ああ……待て。例の楽屋泥棒の一件、あれはどうなった？」

「どうもすみません。まだ捕まえちゃいねんえで……」

じつは初日からときどき、楽屋から金が盗られるということが起きていた。大部屋などはつねにひとの目があるから無事だった。狙われるのは、名題役者の部屋や作者部屋、小道具部屋といった裏方など、だれもいない時間帯がある部屋であった。一度に盗まれる額はたいしたことはないが、潔癖な韮十郎は、自分が座頭の興行でそんなことがあっては名前にかかわる、と憤っていた。

「そんなことはしたくねえが、このままならお役人の耳にもいれなくちゃならねえ」

「今朝も皆に気を引き締めるように言っておきました」

「頼むぜ」

久兵衛は楽屋を出ていった。韮十郎はキッとした視線を葱蔵に向け、

「おめえもいつまでそこでぐだぐだしてやがるんだ。話はもう決まったんだから、とっとと衣装を脱いで百十郎に渡さねえか。もうじき五段目の幕が開くぜ」

そう言うと立ち上がり、神棚に向かって拍手（かしわで）を打つと、そのまま廊下に出ていった。

その背中を見つめながら、葱蔵はきりきりという音がするほどに歯噛（はが）みをしていた。

◇

五段目前半の鉄砲渡しの場が終わった。

勘平役の韮十郎は、千崎弥五郎（せんざきやごろう）との邂逅（かいこう）のあと花道を引っ込む。五段目後半の最後にまた出番があるので、普通は勘平のこしらえのままだが、韮十郎は鳥屋で蓑（みの）、笠を脱ぎ、鉄砲を壁に立てかけたあと、男衆や部屋子たちの目を盗んで地下道への階段を

下りた。猪への早変わりをだれにも気づかせないためである。

花道の下の通路は真っ暗に近い。移動の目印として何カ所か蠟燭（ろうそく）が灯（とも）されているが、そのか細い明かりではとても全体を照らすことはできない。立ち消えている場合もあり、皆、勘と経験を頼りに行き来するのだ。

そもそも芝居小屋というのは客席も含めてとても暗いものである。たびたび大火事を出し、公儀から火気厳禁を言い渡されているため、蠟燭もあまり大っぴらに煌々（こうこう）とは灯せない。曇天の日には役者の顔を照らすために龕灯（がんどう）で照らしたり、花道に蠟燭を並べたり、客席に燭台（しょくだい）を貸し出したりすることはあるが、ひとつでもひっくり返ったらたちまち火事になる。

頼りはやはり太陽光なのだ。だから、芝居は夜明けとともにはじまり、日暮れとともに幕が下りる。話の途中であっても、七つ（午後四時）になったら「今日はこれぎり」といって追い出してしまう。そして今日は、普段より一段とどんよりとして、今にも雨が降り出しそうな、芝居には不向きな天候だった。

しかし、そもそも曇天だろうが晴天だろうが、奈落や花道の下といった地下には太陽光は届かない。そのうえ、通路は半ば物置きと化していて、大道具や小道具を積み上げてあるうえ、地下水がにじみ出ていて足もとがつねに濡れている。慣れたものでも危ない。韮十郎は小さな手燭ひとつを持ち、手探りするようにして進んだ。通路には韮十郎のほかだれもいない。かび臭く、陰気である。

「あった……これだこれだ」

　階段の横に大きな衝立があり、その陰に猪のかぶりものと茶色の股引が置いてあるのを韮十郎は見つけた。この場で猪になって鳥屋に上がれば、居合わせた連中はシシの中身が韮十郎とは気づかないはずだ。階段に腰かけて勘平のかつらを外したあと、着物や草鞋、手甲、脚絆などを脱ごうとした韮十郎だが、暗いなか、ひとりではなかなか難しい。

「ちっ……だれか、弟子のひとりぐらい連れてくりゃよかったな」

　韮十郎がシシになることは頭取と葱蔵しか知らない。それ以外のだれにも気づかれないように、との配慮が裏目に出た。

「早くしねえとシシの出に間に合わねえ……。こりゃあ悪戯が過ぎたぜ」

　悪戦苦闘しているとき、韮十郎はふと、だれかの視線に気づいた。

「だれだ、そこにいるのは……！」

　燭台を持ち上げ、目を凝らすと、それは定九郎の扮装をした葱蔵だった。大小を差してはいるが、かつらはつけず、頭には手ぬぐいを巻いている。韮十郎は顔をしかめ、

「なんだ、おめえ、どうしてこんなところにいやがる。見りゃあまだ定九郎の扮装のままじゃねえか。百十郎に渡せ、と言っただろう」

葱蔵は韮十郎の着物のすそにすがりつくように、

「親方、お考え直しください。定九郎は……だれにも渡したくありません」

「うるせえな。もう決めたことだ。俺はシシに入らなきゃならねえんだよ」

「じゃあどうしても私から定九郎を取り上げると……」

「くどいぜ！」

苛立（いらだ）った韮十郎は葱蔵を突き飛ばした。葱蔵は小道具をしまうための棚にぶつかった。はずみで、うえから直径一尺（約三十センチ）ほどの鉄製の茶釜が落ちてきて、頭頂に当たった。ガツッ、と音がして一瞬気が遠くなった。当たった箇所を手で撫（な）でるとべっとりと血がついていた。韮十郎は「大丈夫か」という声もかけず、手甲を外そうとしながら、

「やい、ぼーっとしてねえで手伝ったらどうだ」

葱蔵はふらふらと立ち上がり、帯に挟んでいたなた豆煙管（ぎせる）を抜いて韮十郎に近づいていった。

「なにしろシシなんざ初役も初役だから勝手がわからねえ」

そう言いながら、ひりついた空気を感じたのかふと葱蔵を振り返り、その手に持ったなた豆煙管を見て、

「な、なんだ、おめえ……まさか……」

葱蔵は煙管を頭上まで振り上げ、振り下ろした。真鍮(しんちゅう)製の煙管の火皿が韮十郎の後頭部に叩(たた)きつけられ、ぐしゃっ、という小さな音がした。もう一度、振り上げ、振り下ろす。さらにもう一度……。

「俺ぁ……おめえに……大……」

そこまで言うと韮十郎はその場に倒れ、動かなくなった。葱蔵はしばらくぼんやりと座頭を見ろしていたが、ハッと我に返った。

(とんでもないことをしてしまった……)

医者を呼ぼうか、とも考えたが、このことが露見したら葱蔵の役者としての人生は間違いなく終わる。

(俺は天才なんだ……このまま終わるわけにはいかねえ……)

韮十郎の死骸を引きずると、衝立の裏に、猪のかぶりもの、茶色の股引、勘平のかつらとともに隠した。なた豆煙管は葱蔵が特注した自慢の品であり、皆が葱蔵の持ちものだと知っている。葱蔵は血の付いた煙管を頭にかぶっていた手ぬぐいで包んでシ

シのかぶりものの奥にしまうと、わなわな震えている脚にぐっと力を入れてしゃんと伸ばした。腹をくくったのだ。

頭上から漏れ聞こえてくる義太夫や三味線から、すでに五段目前半が終了したことがわかる。中央に掛稲が壁のようになっており、その左右に藪畳（竹藪を模した大道具）が長く伸びた五段目後半の場面に切り替わっているはずだ。急がねばならない。

葱蔵は花道下の通路を引き返し、階段を上がって掛稲の裏側にたどりついた。中村蒜二という男衆が、定九郎の支度を手伝うために待機していた。

このあと定九郎は掛稲から登場し、与市兵衛を殺して金を奪ったあと、猪がやってくるのに驚いて一度掛稲のなかに退散する……という展開になる。それから掛稲の裏側で、鏡を見ながら髪を崩したり、化粧を直したり、腹に血をつけたり、口に血糊を含んだり、膝に落ちた血が広がるよう脚に霧をかけたり、勘平が扱いやすいように紐の長い財布に取り換えたり……こまごました作業をこなさねばならない。蒜二はその手伝いのための後見だ。大物役者には、団扇であおいだり、汗を拭いたりする係も含め、数人がつくこともあるが、この場面の葱蔵には蒜二ひとりだった。

「今日はやけに遅かったですね。もう、与市兵衛の出ですよ」

葱蔵はかつらをかぶると、鏡でかぶり具合をたしかめ、

「うん……どうも腹を下してて、今まで厠にこもってたのさ……」

「ぴいぴいですか。色気がないねえ」

一カ月ずっとこの掛稲の裏で顔を突き合わせているのだから、呑気にこんな無駄口もきくようになる。しかし、葱蔵の内心は違った。たった今、ひとを殺めたばかりなのだ。

（落ち着け……落ち着け……）

葱蔵が自分に言い聞かせていると、木魚入りの合方（三味線演奏）とともに、花道を通ってとぼとぼ与市兵衛役者の団助がやってきた。えらい雨だ……という思い入れで掛稲のまえの石に座り、ふところの金についての述懐になる。葱蔵は、与市兵衛が財布を「ありがたい、ありがたい」と捧げ持つのを、掛稲の後ろから白塗りの腕を突き出して奪い取った。口にその財布をくわえ、抜き身を与市兵衛の腹に刺し通した葱蔵が姿を現すと、

「待ってました、蟻三屋！」

の声が大向うからかかる。

「いいねえ、この定九郎は……」

「おいらもこれを観るために来たんだよ。山賊みてえだった定九郎をこんな風に拵え

るたあ、葱蔵って役者はすげえことを考えたもんだ」

「ああ、これからが楽しみだぜ。こいつを足掛かりにもっともっと出世して、ゆくゆくは江戸いちばんの役者になるにちげえねえ」

「俺もそう思う」

それらの声は本舞台上の葱蔵の耳にも入った。役者としてもっとも誇らしい瞬間である。葱蔵は刀の血を着物で拭い、財布に手を突っ込んで金の嵩を数えたあと、にやりと笑って、

「五十両……」

たったひとつのセリフを吐く。与市兵衛の死骸を蹴飛ばし、傘を拾うと、花道から退場しようと歩き出すが、向こうからなにかが走ってくるのが見えた、という思い入れで、掛稲のなかに逃げ込む。葱蔵は蒜二に、

「うう……すまねえが、また厠に行きてえんだ。すぐに戻ってくるから支度を調えておいてくれ」

「えっ？　無理ですよ。猪が引っ込んだら、すぐに出番です」

「ここで漏らすわけにゃあいかねえだろ」

「うーん……早くしておくんなせえよ」

葱蔵には時間稼ぎのための勝算があったのだ。夜の場面なので舞台は暗い。床を這いずるように動く葱蔵の姿はだれにも見えまい。義太夫や三味線、長唄連中にも見咎められていないだろう。

定九郎の五分月代のかつらを外し、刀を置いて、奈落から花道下の通路に入る。さいわいだれもいなかった。黒羽二重を脱いで手近にあった小道具で隠し、手探りで奥へと進む。鳥屋の下あたりにたどりつき衝立の陰を見ると、そこにはシシのかぶりものなどとともに韮十郎の死体があった。

(やはり夢じゃあなかった……)

と思ったが、感慨に浸っている暇はない。

(俺も役者だ。どこまでだましきれるかやってみよう。後悔はしたくねえ……)

死体から顔をそむけ、大急ぎで股引をはき、シシのかぶりものに入る。

「シシ、遅えぞ！　寝てるのか！」

「シシ鍋にして食っちまうぞ」

観客の罵声が聞こえてくる。階段を駆け上がると、そこは鳥屋である。揚幕係が、

「遅いじゃねえか、この大馬鹿野郎！　なにをもたもたしてやがったんだ。芝居の『間』が壊れるだろうが！」

かぶりものをしているので、妙太郎という大部屋の役者だとしか思わなかったようだ。揚幕係は葱蔵を殴ろうとしたので、葱蔵は両手を合わせて謝る仕草をした。

支度が調った、と合図をすると、下座がしびれをきらしように「早笛（はやふえ）」というにぎやかな曲を弾き始めた。揚幕係が揚幕をちゃりんと開けると、葱蔵は揚幕から飛び出した。これまでに五段目のシシは何度か演ったことがある。身体（からだ）を折り曲げ、高く飛び跳ねながら花道を疾走すると、そのかぶりもののかわいらしさに客席から笑いが起きる。葱蔵は本舞台に出ると、本来は一、二度回ればいいのに、たっぷり四度回った。暗いうえ、慣れていないので必死である。

「なんでえ、このシシ。やけに多く回るじゃねえか」

「目立ちたがりのシシかな」

「どういう了見だ。——おい、今年は亥年だったな」

「急になにを言い出すんだ」

「で、今日はお亥猪の日……てえことはもしかして……」

「ええっ、そうか、それでシシの出がいつもより手間取ったのか！」

葱蔵は頃合いはよし、と後ろ脚で立ち上がり、シシの造りものの前脚の下から自分の腕を出して、客席に向かって見得を切った。そのときに右手で顎をこすり上げるような仕草を付け加える。意図を悟った大道具がツケを打った。ものすごい歓声が沸き起こった。

「こりゃあ間違(まちげ)えねえ！　よおよお、成石屋！」

「猪役者！」

「こりゃあ出が遅くなったのもしかたあんめえ」

　葱蔵はほくそえんだ。客たちは猪に入っているのが韮十郎だと思っているようだ。最後の仕上げに、と葱蔵は掛稲のなかに飛び込んだ。蒜二が仰天している隙に財布をひったくって、ふたたび掛稲から出ると、財布に入っていた偽小判をあたりにぶちまけた。客はわあわあ喜んでいる。続いて、提灯(ちょうちん)、杖(つえ)、松の木に掛けてある藁(わら)を摑(つか)んでは放り投げる。藪畳の藪を引きちぎって撒(ま)き散らす。落ちている傘を拾って鉄砲を撃つ真似(まね)をする。火縄を湿らせるための水桶(みずおけ)を蹴飛ばしてひっくり返す。さんざんやんちゃのかぎりを尽くしたあと、四つん這いになって走り出すと、下手(しもて)へはけた。上手にはけるのが本当だが、下手の方が花道に近いからあえて下手にはけたのだ。

（やりきった……）

　そんな思いがこみ上げてきた。真っ暗な花道下の通路に入ってかぶりものや股引を脱ぎ、なた豆煙管を手につかみ、例の衝立に隠そうと探り探り歩き出したそのとき、

「おい、だれじゃい！」

後ろから声がかかった。暗いので顔はわからないが、下働きの悟助（ごすけ）とかいう男だと思われた。葱蔵はかぶりものなどを放り出すと、無言で逃げ出そうとしたが、

「答えんところをみると、おまんが楽屋泥棒じゃな！　わしがとっつかまえて手柄にしてくれるべえ」

悟助に腕を掴まれたので振り解（ほど）こうとしたが、相手は葱蔵の身体を馬鹿力で引きずり倒した。葱蔵はその場に倒れた。頭頂をなにかにぶつけ、ガツッという音がした。頭がしびれたが、なんとか起き上がって本舞台の方向に走った。暗くて葱蔵の動きが見えなかったのか、悟助は追ってはこなかった。「穴番」というせりなどを動かす係もいない。隠してあった黒羽二重を引っ張り出して身につけた。なた豆煙管もふところにしまう。

奈落から階段を這うように上がって舞台裏に出た葱蔵は、ようよう掛稲の裏側までたどりついた。

「遅いですよ！　もう来ねえのかと思いました」

蒜二のぼやきに、かつらをかぶりながら葱蔵は、

「すまねえすまねえ。なんだか客が騒がしかったが……」

「成石屋がシシになったんです。亥年のお亥猪の御馳走ってことでしょうね。見得は切るわ、小判や藁や藪畳を撒き散らすわ、水桶をひっくり返すわで、今、黒子が必死になって本舞台を片付けてます。これがなかったら、間に合ってねえところでしたよ」

「へへ……おかげでもうすっかり出しきっちまったよ」

「汚えなあ」

蔥蔵は、ぶちまけた小道具を黒子たちが片づけ、勘平の出にふさわしい状態に戻すまでにかなりの時間がかかると踏んでいたが、その策略はどうやら図に当たったようだ。

「それにしても成石屋、また思い切ったことをやらかしたねえ」

「ええ。この掛稲のなかにシシが飛び込んできて、財布をかっさらったときには胆が縮みました。ほんと、やりたい放題で……」

「しゃあねえでがす。今、江戸で成石屋に楯突けるものはいねえんだから」

汗だくで、心の臓がぶっ潰れそうだったが、定九郎に戻らねばならない。左右を見たが、裏方たちもなにも気づいていないようだった。客席は思わぬ儲けものの趣向に大喜びしているが、まだ終わりではない。今から定九郎の死ぬ場面を演じなければならないのだ。

「やっと舞台が片付いたようですぜ」

蒜二が言った。化粧をちょいちょいと直し、腹にはけで血をつけ、口に血糊を含み、長い紐の財布を持つと、葱蔵は掛稲から後ろ向きに出た。やっと猪が行ってしまった、という思い入れで上手を見る。そのとき銃声（を模した音）が轟き、定九郎は悶絶しながら口から血を滴らせ、その場に倒れる。凄まじい演技に観客が息を飲む音が聞こえてきた。

（これでよし……）

やり遂げた。あとは運を天に任せるしかない。

そのあと、客たちの目は花道に向けられる。シシから勘平に早変わりした韮十郎が鉄砲を抱えて揚幕から現れるはずだからだ。しかし、いつまで経っても勘平は登場しない。はじめは、

「シシから勘平への早変わりに手間取ってるんだろう」

とおとなしく待っていた客たちだが、さすがに待ちくたびれて、

「なにやってんだ、勘平！」

「遅かりし勘平の助！」

「勘平さん、いまだ参上つかまつりませぬ！」

そのうちに、舞台で倒れている葱蔵の耳に、

「ひえええええーっ！」

という叫び声が聞こえた。それは地の底から聞こえてきたように思えた。しばらくして、なにやらどたどたという足音。そして、役者たちや裏方たちがざわつきだした。

「座頭が……」

「成石屋が……」

「花道の下で……」

そのざわつきが客席にもじわじわ伝わっていった。

(思ってたより早かったな……)

仰向(あおむ)けに寝そべったまま、葱蔵はそう思った。

「幕だ。一旦、幕を閉めろ！」

頭取の声が聞こえた。定式幕(じょうしきまく)が閉められ、

「本日の狂言、都合によりこれにてお開きといたします」

客席は大騒ぎになったが、舞台裏はもっと大きな騒ぎになっていた。花道下の通路に置かれていた衝立の裏から、中村韮十郎の死体が発見されたのだ。韮蔵はそっと立

ち上がった。ほとんどの役者や裏方たちは下手側にある花道周辺に集まっているようだ。惣蔵は堂々と本舞台を横切って下手に向かった。

「なにかござんしたか？　急に幕を閉めるなんて……。成石屋の親方がどうこうって声が聞こえましたが……」

親しい役者が、

「おお、惣さん、たいへんなことができちまったらしい」

「と言いますと……？」

「座頭が……成石屋が……死んじまったそうだ」

「そ、そんな馬鹿な……」

惣蔵はとても信じられないというように目を剝いた。

## 2

市村座の入り口には、とりあえず三日間休演する、再開時にはまたお知らせする、という旨の張り紙が張られていた。興行の最高責任者である座頭が死んだのだから仕方のない措置と言えた。

葱蔵は、頭取の岩井久兵衛に呼ばれて一階の頭取部屋にいた。主だった役者と裏方を集めておけ、という北町奉行所同心の石部金太郎の要請に応えてのことだった。ほかにも十五人ほどの役者や裏方たちがその場にいた。名題役者たちや座付作者などが前方に座っているが、いずれの表情も暗い。それはそうだろう、座頭の急死からまだ半刻（一時間）も経っていないのだ。葱蔵はいちばん後ろの壁際に蜘蛛のように貼りついていた。隣に座って蒼白な顔をしているのは韮十郎の息子百十郎だった。

「集まったか？」

髭剃り跡を青々と光らせた石部は三十九歳。頭取部屋の真ん中に座した石部は、爪で顎を掻きながら岩井久兵衛に言った。

「この狂言に関わってるものは役者だけでも下っ端まで入れると百人ほどおります。下座や裏方、表方なんぞも入れるととんでもねえ数になりますが……」

「いや、死体が見つかったとき、近くにいたものだけでよい」

「へえ……それならこれで全部です。ちょうど山崎街道のシシの出が終わったところでして、成石屋は今日だけ御馳走でシシになってたんです」

「成石屋というのはなんのことだ」

「芝居ではそれぞれの役者を屋号で呼びますんで……」

「なぜだ」

「なぜだと言われましても……そういう慣わしで……」

「そんなことは知らぬ。御馳走でシシというのはシシ鍋でも楽屋でふるまったか？」

「いや……そうじゃねえんで。ああ、じれってえなあ」

久兵衛は、猪は大部屋役者がやるべき役だが、今日は特別に韮十郎が演じていたことを説明した。

「ふーむ」

「わかっていただけましたか」

「さっぱりわからぬ」

「舞台には殺された体の定九郎が倒れていたぐらいです。残りの役者は皆、自分の出番まで楽屋に戻っておりました。座頭は、シシになったあと、今度は勘平になって花道から出なきゃならねえのにいつまで待ってもおいでにならねえんで、みんなで探してたら……」

石部は顔をしかめ、

「わしは代々町方同心を務める家柄ゆえ、歌舞伎や操り芝居、寄席といった遊興の場には足を踏み入れたことはない。それゆえ、シシノデだのサダクローだのカンペーだのと言われてもなんのことかさっぱりわからぬ。とにかく舞台には役者はひとりしかいなかった、ということだな」

「へえ、さようで……」

石部は満足そうにうなずくと、

「さようか。ならば、わしの存念を申すゆえ、よく承れ」

皆のあいだに緊張が走った。いちばん緊張しているのはもちろん葱蔵である。

「韮十郎の死体は花道下の通路にあった衝立の陰で見つかった。検使役によると、後頭の骨が折れており、それが死因だそうだ。通路に血のついた鉄釜が転がっていた。わしの考えでは、韮十郎が暗い通路を通り抜けようとしたとき、小道具をしまってある棚にぶつかり、その拍子に釜が落ちて頭に当たったものだろう。不幸な事故だということだ」

葱蔵は内心深く安堵（あんど）したが、それが顔に出てはまずいと思い、まえを向いてこわばった表情を崩さなかった。

そのとき、ひとりの男が突然嗚咽（おえつ）しはじめた。あまりにひどい号泣なので石部はいぶかしそうに、

「なんだ、おまえは」

「申し上げます！　わしは悟助と申しましてこの小屋の下働きでごぜえやす。じつは今朝、頭取から、近頃、楽屋泥棒が横行しとる、と小言をちょうだいして、ひとつとっ捕まえてくれへえと手ぐすね引いていたところ、花道下で明かりも点けねえ野郎がごそごそしてるのを見つけたもんで、声をかけたが返事がない。てっきり楽屋泥棒にちがいないと腕をつかんだが、振り解かれそうになったんで、力に物を言わせて引きずり倒したら、相手はなにかに頭をぶつけた様子……」

「なんだと……？」

「馬乗りになろうとしたらわしの腕をかいくぐって逃げ出しやがった。追いかけようにもどこに行ったか暗くてわからず、燭台を探して火を灯したが、あたりにゃだれもいねえ。やれ、逃げられたか、と奈落に引き返し、しばらくするとなにやら騒ぎ声が聞こえてきて……」

悟助は身体を震わせ、

「成石屋さんが花道下の通路で死んでいた、それも、頭に傷を受けて……と聞いたときには、南無三宝、あれは……と思いましたが、名乗り出る度胸もなく……」

「ふむ……そういうことか。なるほど、おまえが韮十郎が引きずり倒したとき、運悪くどこかに頭を打ち付けたとみえる。釜は床に落ちて、衝立の方まで転がったのだろう。それは、いつ頃のことだ」

「へえ……たぶんシシが引っ込んだすぐあとぐらいで……」

「韮十郎はシシになっていたのだから、平仄が合うではないか。おまえは通路のどのあたりに待ち構えていたのだ？」

「本舞台からすぐのあたりです」

「ふむ……悟助とやら、包み隠すことなく白状したるはまことに神妙である」

石部はうなだれたままの悟助に縄をかけると、皆を見渡して、

「おまえたち、造作を掛けたな。わしはこのものを番屋に連れていく」

石部は立ち上がった。

「もうお帰りですか」

久兵衛が言うと、

「うむ……わしはどうもこういう場所が苦手でな。あとで小者を寄越し、そのものに簡単な詮議をさせるゆえ、おまえたちはもうしばらくこの部屋で待機しておれ。よいな」

久兵衛はおずおずと、

「あの、旦那……芝居の再開はどうなります？」

「お頭（北町奉行）からは、とりあえず三日間は興行を停止させるよう聞いておる。その後についてはまた町奉行所からの沙汰を待て」

「へえ……」

「ああ……ああ、背中が痒い……かいかいかいかい……」

石部金太郎は背中に手を回し、バリバリ搔きながら帰っていった。

石部は、北町奉行所きっての堅物として知られている。酒は飲まない、美食はしない、奥方以外の女は近づけない、賄賂は取らない、芝居小屋、色里、寄席などの遊び場所には近寄らない、囲碁、将棋、俳諧、双六、かるた、釣り、飼い鳥などを行わない、楽器、謡、浄瑠璃、踊りなどを習わない……ないない尽くしである。もし、意に反してそういうものに近づいたりすると、身体中が痒くなるらしい。

「悟助が下手人だったとはな……」

久兵衛はそう言うと一同を見渡して、

「今も聞いたとおり、悟助のお裁きが済むまで、少なくとも三日は休まにゃあならねえ。再開の日が決まったらすぐに知らせるからそのつもりでいてくれ」

勘平役だった市川頬団次が、

「再開って言っても、座頭がいねえのにどうやって……」

「座元と相談してみるさ……」

久兵衛は力なさげにそう言った。なにしろ彼はただの頭取……古参の役者として楽屋や役者を取り仕切る役目を与えられているにすぎないのだ。一座の座組の頂点に立つ座頭を失って、久兵衛も困惑するかぎりだった。

江戸の芝居は、座元、座頭、金主の三人によって成立している。座元は、公儀から芝居興行を公認された（これを「櫓を上げる」という）存在であり、劇場の所有者でもあった。江戸において櫓を上げることを許されていたのは、この市村座と、隣町である堺町の中村座、木挽町の森田座の三座だけである。座元はまず、座頭と契約（一年契約）を結ぶ。座頭はその一座の長であり、もっとも人気と実力を持つ役者である必要があった。座頭はその責任において、一座の座組（一座を構成する役者を選ぶこと）を行う。もちろん自分がいちばん重要な役に就くのである。座元は、複数の金主と交渉して、一年間の興行の資金を提供してもらう。

市村座の座元は代々市村羽左衛門を名乗っている。当代の羽左衛門は経営力はあまりない。今回の忠臣蔵は起死回生を狙っての興行だったのだ。韮十郎の大星と勘平、そこに葱蔵の定九郎人気も加わって、連日大入りが続いていた。それがこんな形で中止になるとは羽左衛門にとっても打撃だ。市村座の芝居にかかわっているものは、役者だけではない。下座、大道具、小道具、かつら師、床山、裏方、表方、風呂番にいたるまで三百人ほどの人数である。彼らに給金を払わねばならないのだが、その額は年間で九千両（約九億円）にものぼった。できれば、だれか代わりを立てて、好評な興行を継続したいところなのだ。

久兵衛は今後のことを思って深いため息をついた。居合わせたものたちは皆同じ気分だったが、ひとりほくそ笑んでいる男がいた。葱蔵である。

（悟助のやつ、とんだ勘違いをしてくれた。これで俺に疑いがかかることはあるまい……）

葱蔵はそう思った。

「ごめんなせえ……」

同心が帰ったあと四半刻もしないうちに、頭取部屋にふたりの男が入ってきた。ひとりは縞柄の着物に紺の股引をはき、帯に十手をたばさんだ、どこからどう見ても「岡っ引き」としか思えぬこしらえの男だが、その後ろにいる若い男は正体不明だ。細い髷の刷毛先をちょっと曲げ、顔にうっすらと化粧をしているが、役者ではないだろう。役者は肉体労働なので痩せているように見えても体軀には筋金が入っているが、この若者はひょろひょろで、柳のように東風が吹けば西へ、西風が吹けば東へと流されそうなほど頼りなく見える。羽織の代わりに女ものの浴衣をだらしなく羽織り、へらへら笑いながらもの珍しそうに部屋のなかを見回している。

(下っ引き……ではなさそうな……。どこかの若旦那のようだが……)

どうも場違いな雰囲気である。久兵衛も、妙な取り合わせだな、と思ったらしく怪訝そうに、

「どちらさんで……?」

年嵩の方が、

「俺の顔を知らねえのか。この日本橋界隈を縄張りにしている目明しの伴次てえもんだ。葺屋町の役者なら見知っておけ」

「これは失礼いたしました。馬喰町の親分さんならお名前はうかがっております。役者なんてえものは朝から夜中まで芸にのめり込み、とんと世間に疎うございます。どうぞお許しを……」

久兵衛は如才なく頭を下げた。

「それで……座頭が亡くなったのは下働きの悟助が楽屋泥棒とまちがえて引きずり倒したからだ、ということで、石部さまというお役人が悟助を連れていかれましたが、私どもになにか疑いでも……?」

「いや、そうじゃねえ。俺は石部の旦那のお指図で来たんだが、韮十郎が死んだのは間の悪い事故だと聞いている。今からおめえらに話をきくが、これは悟助の証言の裏を取るためだ。無暗に疑ったり、お縄をかけたりすることはねえから安心しろ。ただ……悟助をかばったり、下手な隠し立てしたらためにならねえぜ」

伴次はドスをきかせた声でそう言った。

「もちろんでございます」

人気役者だなんだと威張っていても、相手が十手持ちだと勝手が違う。皆、しょぼくれて下を向いている。伴次は久兵衛に、

「死んだ韮十郎は、なんの役をしていたんだね」

「今度の芝居、成石屋は大星由良之助と勘平のふた役でしたが、死んでなさるのが見つかったのは五段目後半の二つ玉の場の途中です。四段目の城明け渡しの場が済んだあと、五段目の勘平の出まで長い休憩を挟みますので、楽屋に戻っておられました」

「てえことは……」

伴次がなにか言おうとするより先に、もうひとりのチャラそうな若者が、

「ということは、成石屋が死なはったのは四段目が終わったあとから五段目後半の途中までのあいだ、ゆうことだすな」

「おめえは黙っててくれ」

伴次は若者をにらみつけると久兵衛に向き直り、咳払いをひとつして、

「そうなのか？」

「ところが……そうじゃねえのです。じつは……」

久兵衛は、五段目に出る猪に入るはずの三階役者が急病になったこと、亥年の亥の月、亥の日生まれの韮十郎が、茶目っ気で猪になると言い出したこと、客だけじゃなくて役者や裏方たちも驚かせたいから、こっそりとシシのかぶりものと股引を鳥屋のすぐ下にある地下通路に置いておいてくれ、と言われてそのとおりにしたことなどを話した。伴次は腕組みをして、

「そのことを知っていたのはだれだれだね」

「私と……」

久兵衛は葱蔵に目をやると、

「この葱蔵のふたりだけです」

葱蔵はうなずき、

「成石屋がそんな趣向を思いつきなすったとき、たまたま私も座頭部屋にいましたので……」

「で、韮十郎のシシは舞台に出たのか?」

久兵衛が、

「へえ。私は右袖におりました。かなり出は遅れてやきもきさせられましたが、ようよう親方が揚幕から大張り切りで飛び出してくるのが見えました。上手くいってよかった、と思いました」

「苦しそうだ、とか、動きがおかしい、とかなにか妙なことはなかったかね」

「それどころかすごい勢いでぴょんぴょんとはねまわって、本来は一、二度でいいのに本舞台を四周もして、見得まで切りました。そのあとも小道具をばらまくやら、藁をぶちまけるやら水桶をひっくり返すやら暴れに暴れて……。中身が成石屋だと気づいた客はやんやの喝采でした。役者や裏方も驚いて大ウケしておりました」

「途中まではだれもシシが座頭だとは思わなかったのか?」

揚幕係がおずおずと、

「わっしはシシが飛び出すときに鳥屋におりましたが、てっきり大部屋の妙太郎てえ役者だと思って、来るのが遅い、とどやしつけちまったんです。あとで成石屋の親方だと気づいたときにゃあ震え上がりました。殴らなくてよかった……」

「ふーん……てえことは……」

伴次がなにか言おうとしたとき、またしてもチャラそうな若者が、

「ということは、成石屋はシシが引っ込んだあとから花道の下で見つかるまでのあいだに亡くならはった、ゆうことや。これでかなり時刻がしぼられてきた。――それにしても、天下の成石屋が五段目のシシやなんてえらい御馳走やがな。ああ、わたいも観たかったわあ」

「黙っててくれって言っただろう！」

伴次が怒鳴ったのを見て久兵衛が、

「あの……そちらのお方は……」

「ああ、こいつはうちの……その……」

伴次が口ごもったのを見て若者はにやりと笑い、

「イソコだす！」

「い、イソコ……？」

「居候のイソ公だすわ。イソ公、イソ的、イソやん、イソ村屋……なんとでも呼んどくなはれ。勘当食ろうて心ならずも東(あずま)へ下り、今はしがねえ居候……本名は伊太郎(いたろう)というお調子者。以後、お見知りおきをお願いたてまつります……」

伴次は小さくため息をついたあと、小声で、

「若旦那、頼むからお上の御用に茶々入れねえでくだせえ」

「迷惑か?」

「めちゃくちゃ迷惑です」

伴次は、また一同に向き直ると、

「韮十郎の死体を見つけたのはどいつだ?」

韮十郎の部屋子（弟子）のひとりがこわばった顔で挙手をした。

「そのときの様子を話してくれ」

「勘平役のうちの旦那がなかなか鳥屋に来ねえんで、手分けしてあちこち探しておりましたがどこにも見当たらず……まさかこんなところには、と思いながらも花道下にもぐってみたところ、なにかを蹴飛ばしちまった。燭台で照らしてみると、シシのかぶりものが放り出してある。妙だな、と思ってなおも鳥屋下の方へ進んでいくと、勘平のこしらえをした旦那が小道具の衝立に隠れるようにして倒れていなさるのを見つけましたんで……」

弟子の目から涙がこぼれ落ちている。伴次が、

「ほかにはなにがあった?」

「鉄釜と、勘平役のかつらです。鉄砲や蓑、火縄なんぞの小道具は鳥屋に置いてあり

ました」

「ふーん……俺ぁ、花道の下に地下の通路があるなんてはじめて聞いたぜ」

伊太郎という若者がまたしても、

「あんた、アホやなあ。花道の途中に『すっぽん』がおまっしゃろ。妖怪やら幽霊がせり上がってくる小さなセリだす」

「ああ……そういえば……」

「あそこに下から役者が上がってくるのやから、地下があるに決まってるがな。ほんまにアホや」

「だれがアホウだ！」

「まあまあ、喧嘩なさいませんように……」

久兵衛がとりなしたので伴次は伊太郎をにらみながら額の汗を拭くと、死体を見つけたという部屋子に顔を向けて、

「おめえは韮十郎が悟助に引きずり倒されて死んだ、てえのは本当だと思うかね」

「へえ……芝居小屋の地下なんてえものは、ただでさえ薄暗い小屋のなかでもいちばん暗え、『奈落』なんて呼ばれるような場所です。暗いうえに、いろんな芝居の大道具、小道具……いつからあるのかわからねえようなものが積み上げてあり、道が狭く

なってます。真っ暗ななかを燭台の明かりだけを頼りに歩くんで、慣れたものでも途中でつっかえたり、ものにぶつかったり、転んだりする。うちの旦那が弟子にも手伝わせずにたったひとりで通り抜けるなんて土台無理な話で、出が遅れたのもしかたがねえ。たぶん旦那は、猪になって走り回ったあと、袖に引っ込み、猪のかぶりものを脱いで、勘平に戻ろうとしたときにたまたま悟助と出くわして……」

「俺は成石屋だ、と一言言えばいいじゃねえか」

「だれにも言わずに猪になる、という趣向だったんで、最後までそれを通そうとしたんじゃありませんかね」

「どういうこった」

「シシのかぶりものを元に戻して、何食わぬ顔でシレッと勘平になり、鳥屋にやってくるつもりだったんじゃねえかと……。もしくは、自分がだれだか名乗る暇もなく引きずり倒されたんでしょう。悟助も真っ暗ななかで、頭から楽屋泥棒だと思い込んでたでしょうから」

「死体があったのはどのあたりだ？」

「鳥屋の真下あたりです」

「シシのかぶりものもすぐ近くにあったんだな？」

「いえ……かぶりものが落ちていたのはもっと本舞台に近いあたりです」

男衆の言葉に伊太郎が急に大きな声で、

「それはおかしい！　おかしいなあ！」

「お、おめえは口を挟むな！」

しかし、伊太郎はそれを無視して、

「なんでかぶりものは本舞台近くに、死体は鳥屋のすぐ下にあったんやろ。その間はたぶん八間（約十四・五メートル）ほどあるで」

頭取の久兵衛が、

「うーん……シシをかぶったままじゃ、狭い通路は通りにくいから、すぐに脱いで放り出し、鳥屋の真下まで歩いていき、勘平の衣装をつけたところで悟助と出くわしたんじゃありませんかね。

「脱いだかぶりものを通路に放り出すやろか」

頭取の久兵衛が、

「あのおひとならありえますね。なんてったって座頭だ。いちばん偉え(えれ)んだ。普段なら脱いだ衣装は弟子がすぐに受け取って畳みます。小道具だってなんだって自分でつけたり外したりしねえ。かつらも床山がかぶせてくれます。猪のかぶりものも、脱いだら放りっぱなしにしときゃ、だれかが片づけるだろう、てなもんです」

「やっぱりおかしいわ。悟助は本舞台の近くで楽屋泥棒を引きずり倒した、と言うてたそうだっせ。なんで、成石屋は鳥屋下で死んでたんや？」

それまで無言で聞いていた葱蔵だったが、思わず口を出した。

「もしかすると、悟助に引きずり倒されて鉄釜で頭を打ったあと、よろめきながら鳥屋下まで歩いていって、そこで力尽きて倒れたのかもしれませんね」

伊太郎はじっと葱蔵を見ると、

「頭を打って死にかかってるのに、勘平の衣装に着替えるやろか」

「役者の執念ていうやつでしょう。それこそ身体が勝手に動いたんじゃないですか」

「うーん……鉄釜も鳥屋下に転がってたんやろ？　衝立に隠れたように死んでいた、ゆうのも解せんなあ。通路の真ん中でばったり死んでるのが普通やと思うけど、なんでそんなところに入り込んだのやろ」

葱蔵はしばらく考えるふりをしたあと、

「わかりました！　もともと成石屋は勘平の衣装やかつらなんぞを鳥屋下じゃなくて、本舞台の近くに隠していたんです。そこでシシのかぶりものを脱いで、勘平の衣装に着替えたところで悟助に出くわした。引きずり倒された成石屋は、頭を打って朦朧としながらも、少しでも遠くに逃げようとしたんじゃないですかね。かなり進んだあたりで衝立があったので、そこに隠れたところで息絶えた、と……」

　伊太郎は葱蔵をじっと見つめ、

「なんか、見てきたようなことを言わはるなあ」

「ははは……そうですかね」

　伴次が、

「おい、いい加減にしねえか。いつまでくだらねえゴタク並べてるんだ。——成石屋が死んだのは、シシが引っ込んだあとから花道の下で見つかるまでのあいだ、てえことだが、今からひとりずつ、そのときどこでなにをしていたか、それを近くで見ていたものがいるか、を教えてもらおうか」

　そう言うと、懐紙と矢立てを取り出した。皆は順番に答えたが、なにしろ五段目後半部は勘平が出てくるだけなので、鳥屋や舞台袖には韮十郎の後見がいた程度だった。ほとんどの役者は楽屋に戻っており、身の証(あかし)が立った。普通は大道具が（舞台装置の急な破損に備えて）上手、下手になんにんか控えているものだが、たまたま彼らもいなかった。葱蔵は、どこにいたかきかれて、

「舞台のうえです。シシが引っ込んだあと、勘平が出てくるまで舞台のうえには私し

かおりません。もっとも死体としてですがね」

　皆が笑った。伴次が、

「これで全員済んだな。――どうやら成石屋は、悟助に泥棒と間違われて引きずり倒され、頭をぶつけて死んだ、てえことで決まりのようだな。おめえさんたちは潔白だ。もっとも最初(はな)っから疑っちゃあいなかったが……詮議はこれで終わりだ。手間ぁ取らせて悪かった。けど、すまねえが、お奉行所からの言いつけで、成石屋が死んだ時刻に一階か奈落にいた連中はこれから三日間、この小屋に泊まり込んでくれ。家に帰っちゃならねえ。不自由かけるがよろしく頼まあ。俺は今から石部の旦那にこのことを知らせてくるよ。――じゃあな」

　伴次は頭取部屋を出ていった。続いて、伊太郎という男も出ていこうとしたが、そのとき葱蔵はホッとして気が緩んだのか思わずにやりと笑ってしまった。その途端、伊太郎が振り返り、葱蔵と目があった。葱蔵はあわてて顔を引き締めたが、伊太郎はなにも言わず、両手を袖のなかに入れて、しゃらしゃらと左右に振りながら踊るように去っていった。

（笑ってたのを見られたかもしれねえ……）

　葱蔵はそう思ったが、後の祭りである。

（まあ、いいだろう。あの岡っ引きが、俺たちは潔白だ、と断言してくれたんだから、もう心配はいらねえはずだ。今の、伊太郎とかいう居候野郎は、下っ引きでもねえだろうから、気にすることはねえ。悟助にゃあ悪いが、俺の身代わりに磔（はりつけ）になってもらおう。もっとも、たとえ主（しゅう）殺しの大罪とはいえ、殺すつもりじゃなかったんだから、終生島流しぐらいで済むかもしれねえな……）

　葱蔵は、そんなことを考えていた。

## 3

「困りますぜ、若旦那……」

　市村座を出た伴次は歩きながら伊太郎にそう言った。

「なにがや？　おまえ、芝居のことなんかなにも知らんやないか。そう思て、詮議の手助けしたったのや」

「それが困るんでさあ。ああいう連中に泥を吐かせるにゃあ、お上のご威光にものを言わせるのがいちばんなんだ。それを横合いからごちゃごちゃ言われた日にゃあ、向こうになめられちまう」

「なにがお上のご威光や。しくじりが多いさかい、伴次親分やのうて、万事休すの親分て陰で言われてるそうやないか」

「そ、それは言いっこなしで……」

伴次は馬喰町の裏通りに居を構え、一応「馬喰町の親分さん」で通っている顔役である。馬喰町は旅籠が軒を連ねており、各地方からの旅人が大勢出入りしていた。江戸土産の店も多く、隣の横山町とともに問屋街として活況を呈していた。馬喰町は八丁堀や北町奉行所にも近く、堺町、葺屋町といった芝居町も伴次の縄張りの内であった。

「けど、わたい、ええこと言うたのやないか？　成石屋が死んでたのは鳥屋下の衝立の陰。シシのかぶりものが置いてあったのは本舞台に近い場所。ちゃんとした目明しなら、そのあたりを突くと思うけど……おまえは見逃したな」

「ちゃんとした目明しって、嫌な言い方をしなさんな」

「おまえはさっきの話、どう思う？」

「なにがです？」

「悟助が、楽屋泥棒と間違えて成石屋を引きずり倒した。成石屋は運悪く頭をそこにあった鉄釜にぶつけて、そのあと衝立の陰まで逃げ延びて、そこで死んだ……ゆう話や」

「理屈は通ってると思うがね」

「理屈が通りすぎてる、とは思わんか？」

「は？　どういうこった い」

「楽屋泥棒やと思て成石屋を引きずり倒した、という悟助の話自体が間違うてるかもしれん」

「当人が言ってるんだから間違いねえでしょ」

「真っ暗な地下通路やで。ほんまはなにがあったのか……もう少していねいに調べたほうがええのとちがうか」

「そんな必要はありません。なんてったって悟助当人が、自分が殺したと言ってるんだ。俺たちの役目は、悟助の証言の裏を取ること。その役目は十分果たせました。これ以上首を突っ込むことはねえ」

「そうやろか。おまえがやらんのなら、わたいがひとりでもこの件詮議するわ。けっこうおもろなってきたのや。ええ暇つぶしになるがな」

「ば、馬鹿なことを……。お上の御用は遊びじゃねえ。今朝、大坂の寅右衛門旦那から手紙が届いて、勘当した伊太郎がおまえのところに転がり込んでいるのは知っている、もし、伊太郎が一年のあいだ道楽を慎むことができたら、勘当を解いてやる、ただし、一度でも道楽をしたら今度こそ見放すつもりだ、おまえがしっかり監督して、あの極道者を悪所や遊興に一寸も近づけないようにしてもらいたい、と書いてありました。芝居小屋に出入りするなんざ、とんでもねえこった」

「おまえが今言うたやないか、お上の御用は遊びやない、となな。遊びやなかったら、芝居小屋に出入りしてもかまへんやろ。これは仕事なんや」

「仕事？　若旦那、いつから十手持ちになったんです？」

「まあ、お父っつぁんの言うことをきかなあかん、というわけでもないけどな」

「そいつぁ困ります！　若旦那には早く大坂へ帰ってもらわねえと……その……うちのやつが……」

狭い長屋住まいの伴次のところに伊太郎が転がり込んですでに一カ月。伴次の女房であるおぼんと伊太郎の折り合いが非常に悪いのである。毎日、朝寝をして、昼まえに起き、なにもせずごろごろして、飯はひと一倍食い、酒も欠かさぬ伊太郎に対し、おぼんの怒りが爆発する。しかし、伊太郎は意に介さない。すると、おぼんの怒りの矛先は亭主である伴次に向かうのである。

「とにかく悪所に近づけるなってんだから、芝居小屋や芝居茶屋はダメでしょう。家でおとなしくしといてください」

「せやけど、さっきはわたいがついていってもなんも言わんかったやないか」

「あれは、石部の旦那から、市村座に行って悟助の話の裏を取れ、というお指図があったんで俺が出かけようとしたら、若旦那が『芝居小屋の楽屋に入れて役者と会えるんかいな！　どうしても行きたい行きたい行きたい！』てさんざん大声で駄々をこねたんで、近所の手前、仕方なく……。うっかり承知したものの、詮議の邪魔はしねえ、て約束だったでしょう？　それをあんたは……」

「邪魔どころか、助けてやったのや」

「とにかく、ひとりで行かせるわけにゃあ参りません。あんたは目明しじゃあねえんだ」

「なあ、おまえの十手、ちょっと貸してくれ」

「馬鹿言っちゃあいけねえ。——だいたい、若旦那の腹はわかってるんだ。御用にかこつけて、役者と親しくなって、市村座の芝居をタダ見しようって魂胆でしょう」

「ははは……バレたか……と言いたいとこやけど、ほんまにちょっと引っかかりがあるのや」

「石部の旦那も、ただの事故だとおっしゃってますし、俺たちの役目は終わったんだ。

もう市村座には用はねえ。さあ、帰りましょう」

「今夜のお菜はなんや?」

「さあ……たぶん焼き豆腐とおこうこでしょう」

「またかいな。毎日焼き豆腐のおかずに実のない味噌汁とこうこ(漬け物)や。ええかげん飽きたわ。大坂やったら丁稚でももうちょっとええもん食うてるで。たまにはウナギでも取ったらどないや」

「そんな金、どこにあるんです。御用聞きてえのはお奉行所から雇われてるわけじゃねえ。同心の旦那からときどき手札てえ小遣いをもらうだけで、あとは自腹だ。うちも、おぼんが髪結いをして、俺も内職をして、やっとこさ暮らしてるんです。なかにはお上のご威光を笠に、場所代や見回り代を脅し取るようなやつらもいるが、俺はそんなこたぁしたくねえ」

「その『やっとこさ』のところにわたいが転がり込んだ、ちゅうわけやな。あっはっはっはっ……」

「笑いごとじゃねえんで……。けど、若旦那、こないだあんたがしゃも鍋屋で昼間っから一杯やってるのをおぼんが見かけたそうですが、お代はどうしたんです?」

「ああ、あれか。うちの店の江戸の出店が日本橋にあるのやが、お母ちゃんがときどきそこにお小遣いをこっそり送金してくれてるのや」

「ちょ、ちょっと、そんな話聞いてませんぜ。それならうちに飯代、酒代としていくらか入れてくれませんか」

「そうはいかん。あれはわたいのお金。わたいが好きに使うようにお母ちゃんがくれたもんや。おまえになんか渡したら、お母ちゃんの気持ちに背くやないか」

「背かねえと思いますが……」

伊太郎は、大坂今橋（いまばし）にある両替商「菱松屋（ひしまつや）」のひとり息子である。根っからの道楽もので、店の金を湯水のように使いまくっていたが、極道が過ぎて父親の寅右衛門に勘当された。大坂に居場所がなくなったので、江戸に出てきて旧知の御用聞き、葺屋町の伴次と日本橋のたもとでばったりと会い、これ幸いと伴次のもとに転がり込んだのである。

「今帰（けえ）った」

伴次が三軒長屋の端っこの家のまえに立って声をかけると、戸が開いて、女房のおぼんが顔を出した。まだ三十をいくつか出たぐらいだが、所帯やつれがひどく、額には皺（しわ）が深く刻まれ、頬の肉は垂れ、肌はがさがさである。

「あんた、今までどこをほっつき歩いてたんだい？　ゴミを出しといてくれなきゃダメじゃないか」

「ゴミ？　おまえが出しゃいいじゃねえか」

「はあ？　あたしは朝からずっと髪結いであちこちお得意を回ってるんだから、あんたが出すのが決まりだろ」

「そんな決まり、作った覚えはねえ」

「あたしが作ったのさ。とっととゴミを捨てにいってきな」

「今夜のおかずはなんだ？」

「決まってるだろ。焼き豆腐とおこうこだよ。ほかになにがあるのさ」

「たまには……その……ウナギでもどうかな、と思って」

「あんた、頭、大丈夫かい？　うちのどこにそんなおあしがあるってんだい。言ってみな」

「いや、まあ、その……」

「ただでさえカツカツなところへもうひとり、米を食う虫が増えたからねえ。この虫がとにかく大食らいときてるから始末に悪い。そろそろ出ていってもらいたいね」

「おまえの留守のあいだに菱松屋の旦那から手紙が来てな、向こう一年間、若旦那を道楽させなけりゃ、勘当を許す、とよ」

「一年間？　まさか、あいつをこの先一年もうちに置いとく気じゃないだろうね！　あたしゃご免こうむるよ！」

「しかたねえじゃねえか。何遍も言っただろ？　若旦那と大旦那は俺の命の恩人なんだ。命の恩人が江戸で路頭に迷ってるのを無下にもできめえ」

「あんたには恩人かもしれないが、あたしはなにひとつしてもらった覚えはないよ。そうかい、わかった。縦のものを横にもしないで、毎日ごろごろしてるだけのあいつをあんたが追ん出すつもりがないなら、あたしが出ていくさ。長々お世話になりました」

「ま、待てよ。若旦那のせいで俺たちが夫婦別れしてどうするんだ。――若旦那、そこに突っ立ってにこにこ笑ってないで、なんとか言ったらどうなんです？」

「ははは……わたいがごろごろして、おかみさんが雷をごろごろ鳴らして、ごろごろの掛け合いやな」

おぼんが、

「あれ、イソ公、いたのかい。鍋蓋の陰になってて気づかなかったよ」

「わたいはゴキブリやおまへんで。まあ、おかみさん、どうせ少なくともあと一年は一緒に住まなあかんのやさかい、仲良うやりまひょ」

「きーっ！　あたしゃ湯へ行ってくる。——あんた、ゴミ出しといてよ、ゴミ！」

おぼんが出ていったのを見て伊太郎は、

「雷が遠ざかっていったなあ……」

そうつぶやいた。

4

翌朝、伴次けおぼんに、

「おい、若旦那知らねえか」

「知るもんかね。あたしゃイソ公のお守りじゃないよ。雪隠(せっちん)じゃないのかい」

「今、見てきたがいねえんだ。どこに行ったのかなあ……」

「あんなやつがどこに行こうとほっといたらいいだろう」

「そうはいかねえ。若旦那にまたぞろ道楽をはじめられちゃあ勘当を解いてもらえねえんだから……あっ！　ここにあった十手がねえ！」

伴次は神棚を見てそう叫んだ。

「あの野郎……まさか……」

その「まさか」だった。伊太郎は市村座のまえに立っていた。木戸が閉まっていたのでこじあけようとしていると、木戸番らしい男がなかから現れた。

「今日は芝居は休みだよ。帰ってくんな」

「わかっとるわい。わたいはコレや」

伊太郎は十手を木戸番の鼻先に突き付け、

「お上の御用を妨げたら、お手々が後ろに回るでえ」

「おみそれしました。どうぞお通りを」

「しからばそれへ通るでござろう」

伊太郎は芝居がかりで大手を振って木戸を通り、

「木戸ご免ゆうのはなかなか気持ちのええもんやな。世の中の連中は『お上のご威光』を見せつけたらすぐにへこへこしよる。骨のないやつらやで。――さて、と……」

伊太郎は、昨日も訪れた二階の頭取部屋に向かった。頭取の久兵衛はひとりで茶を飲んでいた。

「おや、あんたは昨日の……」

「覚えててくれはりましたか。葺屋町の伴次のいちの子分イソ公の伊太郎だす」

「悟助の仕業てえことに決まったんでしょ。まだ、なにか？」

「たいしたことやないけど、ちょっと気になることがおましてな……」

「小屋のなかは好きなように歩きまわってもらってかまわねえ。ただ、昼四つから葬式をしますんで、それまでということでお願いします」

「葬式て、だれの？」

久兵衛はきょとんとした顔で、

「成石屋に決まってるでしょう」

「あ、そやったそやった」

伊太郎は座り込むと、

「喉が渇いたさかい、お茶でもいただこか」

「そこの土瓶に入ってます。勝手に注いで勝手におあがりなせえ」

「お茶請けはなんぞおまへんのか。羊羹でもかまへんけど……」

久兵衛はあっけに取られて、

「羊羹はねえが、昨日、差し入れでもらった煎餅があるから、それでも食いやすか」

「煎餅か。あんまり粋やないな。まあ、お茶だけいただくわ」

伊太郎は湯呑みの茶を一気に飲み干すと、

「わたいが気になってるのは、成石屋が猪になった、ゆう件や。いくらなんでも座頭がシシになる、ゆうのはなあ……」

「昨日も言いましたとおり、三階の妙太郎てえ猪役者が急病になり、私が代役の話を成石屋に相談すると、昨日が亥の年、亥の月、亥の日だてえことに気づきなすった。成石屋が亥年のお亥猪の日の生まれってことは贔屓（ひいき）ならみんな知ってることで、そこで『自分がやる』と言い出したんで……」

「楽日ならともかく、普段の日やで」

　芝居の千秋楽は、「そそり」といって、多少のおふざけめいた演出をしても許される習慣がある。女形が敵役をしたり、三階の役者が主役をしたり、大物役者が端役をしたり（これを「天地会」という）、筋を変えたりして通の客を喜ばすのだ。

「けど、昨日がお亥猪なんでね……ていうか、成石屋はもともと気まぐれで、周りをびっくりさせるのが大好きな御仁だが、一度なにか言い出したら、あのおひとを止められるものは今の江戸にはいやしねえ。まわりにいる我々は、はい、さようでございます、と頭を下げるだけでした。急になにか思いつくと朝でも夜中でもお構いなしにひとり決めしちまう。呼び出しを喰（く）らったらなにもかも放り出して駆けつけねえとガラガラと銅鑼（どら）みてえな雷が落ちますからね」

「ふふふ……うちのお父っつぁんと一緒やな……」

「なにか?」

「いや、なんでもない」

「怖いおひとでしたが、いなくなっちまうと寂しいですね。成石屋の穴を埋めるのはなかなかたいへんだと思いますよ」

「シシに入ってたのは韮十郎に間違いないんやな」

「そりゃもう……あのひとが言い出したことですし、本舞台を四度も回って、最後には立ち上がり、見得まで切ったんでね……客も途中からみんな、成石屋だって気づいてましたよ。大向うから『成石屋!』って掛け声までかかりました。猪が立ったときに右手で顎のあたりをこすり上げるようにする仕草、ありゃあ成石屋の癖ですから」

「成石屋がシシになるのを事前に知ってたのはあんたと蟻三屋のふたりだけ、て言うとったな。蟻三屋の中村葱蔵ゆうのは、定九郎の役を改良した、ゆうてえらい評判になってる……」

「定九郎が呼びものになるなんて、私は驚きました。あいつは成石屋が名題にしたんだが、これからの芝居を背負って立つ才のある役者だと思いますね」

「わたいもその定九郎を観たいもんや。——成石屋がシシのかぶりものを脱いだところを見たものはおるか？」

「たぶんいねえと思います。悟助は、真っ暗のなかだから、相手がだれだかわからなかったでしょう」

「つまり、シシのなかに入ってたのが成石屋やったかどうか確かめたものはおらん、ということや」

「けど、ほかのだれがシシになんか入るんです？　あんなものはしんどいだけで、顔も出ねえし、よほどの物好きしかやりたがりませんや」

「よほどの物好きか……なにか事情のあるやつやろな。成石屋もそのひとりやけど……。昨日は、シシの様子に妙なところはなかった、て言うとったけど、今になってなにか思い出したことはないかいな」

「昨日も言いましたが、シシの出がかなり遅れたのでやきもきしました。かぶりものをするだけとはいえ、やっぱりだれか付けてやるべきだった、と思いましたが、なんとか出てきたんでホッとしたのを覚えています。仕方ありませんよ、成石屋の親方は一度もシシなんかやったことねえんですから」

「そうか。そんなに遅れたか……。猪が見得を切ったときの仕草、それが成石屋の癖や、ていうのはだれでも知ってることなんか？」

「そりゃもう……江戸じゅうの小僧が真似をしてますぜ」

「シシはさんざん大暴れしたらしいな」

「掛稲に飛び込んで財布をひったくるわ、小道具をいろいろぶちまけるわ、藁や藪をちぎっては投げるわ、水桶を蹴飛ばすわ……」

「歳から考えたらかなりのやんちゃぶりやな」

「あのシシの役は実は相当きつくてね、若いもんでも慣れねえと腰をやられる。それを四度も回ったんだからたいしたもんです」

「それだけ本舞台をめちゃくちゃにしたら、片づけるのに手間がかかったやろ」

「そりゃあもちろん。とくにこぼれた水の拭き掃除がたいへんでした」

「ということは、つぎの定九郎の出はかなり遅れたやろなあ」

「たぶんね。掛稲のなかでやきもきしてたんじゃあねえかな」

「それとなあ……あんた、シシの出についてはいろいろ教えてくれたけど、シシの入りはどや?」

「シシの入り?」

「シシが舞台を駆けまわったあと袖にはけたとき、あんたはどこにいたのや」

「上手袖です」

「それやったら、シシがはけてきたのを見たはずやな」

「うーん……それがその……」

　久兵衛は口ごもり、しばらく考え込んでいたが、

「妙なんです。猪は上手に引っ込むのが当たり前なんですが、私はあのときずっと上手袖にいたのに、猪が入ってきたのを見た覚えがないんです。たぶん成石屋のシシということで気持ちが高ぶってたんで見過ごしたのかもしれねえが……」

「シシが成石屋と最初から知ってたのは、あんたと葱蔵だけや。そのあんたが見過ごすゆうのはおかしいな」

「それもそうですね。成石屋は、初役のシシにとまどって、うっかり下手からはけたのか……」

「猪はどこに行ったのか、ゆうことやな。これはおもろい。おもろいな」

「なにが言いたいんです？」

「さあ……まだわからんけど、なんやしらん、喉のところにイガイガッとしたもんがあるねん。それを取りたいのや」

「うがいしたらいいでしょう」

「アホか。ほんまのイガイガやないがな。――こんな気持ちになったのは生まれては

じめてや。とにかく引っかかる。ほんまのことを知りたい。それだけや」

「はあ……」

「葱蔵の楽屋はどこかいな」

「三階です。――葱蔵がどうかしましたか？」

「いや……べつに……」

伊太郎には気になっていることがあったのだ。伴次と彼が昨日頭取部屋を出るとき、葱蔵がにやりと笑ったように見えたのである。そのことを伊太郎は久兵衛には言わなかった。

「邪魔したな」

伊太郎は頭取部屋を出て、階段を上りはじめた。伊太郎は、自分でもよくわからない情熱に突き動かされていたのだ。

◇

葱蔵は落ち着かない気持ちで楽屋の自分の化粧前を片付けていた。今日、この小屋にいるのは、役者では葱蔵、与市兵衛役の相中団助、六段目に板付きで出るはずのおかや、お軽などを演じる立女形（たておやま）、彼らの後見たち、そして、あのとき奈落の穴番や大道具を担当していた裏方たち、それに久兵衛だけである。

（こうなったら一刻も早く芝居を再開してほしい……）

と葱蔵は思った。こういう場合、打ち切りになるのが普通だが、今回の忠臣蔵は連日大入り満員なのだ。韮十郎のほかにも江戸には人気役者がいる。座元と金主が相談して、なんとか座頭を据え替えて継続してほしい。江戸の芝居好きたちも皆そう思っているだろう。そのなかには葱蔵の定九郎目当ての客もいるのだ。

（定九郎がまた俺のものになった。もう手放さねえ。この役を足掛かりに、つぎは桃井若狭之助、石堂右馬之丞あたりの役が欲しいところだ。伴内は役柄としてむずかしいかな。それから師直、本蔵、平右衛門、判官……役者になったからにはいつかは勘平や由良之助がやりてえもんだが……そんな日が来るのかねえ……）

そんなことを考えながら化粧道具を入れた箱の蓋を開け、なかをじっとのぞき込む。白粉や砥の粉、紅、びんつけ油、筆などがぎっしり入っている。そして、それらの底には例のなた豆煙管が隠されていた。懐紙に二重に包んである。あのあと、藪畳の下からこっそり回収することはできたのだが、泊まり込みになってしまったので、処分することができずにいた。

（葬式に行くときに持ち出して、堀にでも捨てるか……）

道具箱に手を入れて、それを摑み出そうとしたとき、

「中村葱蔵さんだすな」

振り返ると、昨日の男だ。葱蔵はあわてて箱の蓋を閉め、化粧台の下に押し込んだ。

「葺屋町の伴次のいちの子分伊太郎だす」

「お役目ご苦労さんです」

葱蔵は頭を下げたあと、

「悟助の件でお調べに？」

「いや、まあ、本人が自分がやったと言うとるのやさかい、これ以上の証拠はおまへんわな」

「じゃあ悟助が下手人で決まりですね」

「そういうこっちゃ。けど、人間ひとりを罪人にする、というのはたいへんなことや。もう少しきっちり調べなあかん。それで、わたいが来た、というわけだす」

「私でお役に立つならなんなりとおたずねください」

「ほな、早速きかせてほしいねんけど……」

「そのまえにお茶でもいかがです」

「お茶は今、頭取のところで飲んだけど……お茶請けあるか？」

「贔屓にいただいた大坂屋の秋色羊羹がありますが……」

「羊羹、けっこう！　分厚う切ってや」

葱蔵は笑いながら羊羹を二切れ小皿に載せると、茶とともに伊太郎にすすめた。伊太郎はあっという間に平らげたが、むせたので茶を飲んだ。

「ははは……まるで六段目の勘平ですね」

六段目の勘平は、お軽に茶をもらうのだが、与市兵衛を殺してしまったという思いがあるため、動転してむせてしまうのだ。

「わたいはだれも殺してまへんで」

伊太郎の言葉に葱蔵はぎくりとしたが、なに食わぬ顔で、

「そりゃあよかった」

伊太郎は湯呑みを置くと、

「昨日、あんたは成石屋が死んだときに、本舞台にいた。その様子はみんなが見てる。つまりは客が証人や」

「そういうことになりますかね」

「成石屋のシシが舞台からはけたあと、死体となって見つかるまではほんの短い時間や。そのあいだにあんたは掛稲から出てきて鉄砲で撃たれて死ぬ。そのあたりのこと

を詳しく聞かせてほしいのや」

待ってましたとばかりに葱蔵は周到に準備してあった話をした。

「私は定九郎の役ですから、与市兵衛が来るまでに化粧や身ごしらえをして、掛稲の後ろで待ってなきゃなりません。舞台で勘平と千崎弥五郎が浅黄幕のまえでやり取りしているあいだに、この楽屋から一旦奈落に降り、そこから舞台裏を通って掛稲の裏まで行って、出番を待っておりました。与市兵衛がやってきたので、掛稲から出て財布を奪い、与市兵衛を斬り殺すと、金勘定をして『五十両……』のセリフ。そのあと見得を切って……」

伊太郎は興奮したように、

「聞いてるで聞いてるで。そのあたりがあんたの工夫らしいな。わたいが上方で何度も観た定九郎は百日鬘にどてら、山刀という山賊まがいの恰好をした追いはぎで、花道から与市兵衛を追っかけるように出てきて、いろいろふたりでごじゃごじゃやりとりをしたあと斬り殺す……ていう垢ぬけせんやり方やった。あんたの定九郎は黒羽二重の着流しに細身の大小、五分の月代という粋な恰好の浪人もので、セリフもたった一言『五十両……』だけ。なんともまあ思い切った工夫やないか」

「おそれいります」

「わたいもいっぺん観たいさかい、早う再開してもらいたいもんや。けど、成石屋に代わるような由良之助と勘平がなあ……」

「親方の代わりは江戸中探してもいないでしょう」

「話がそれた。見得を切ったあと、どうなった?」

「猪が来るのが見えた、という体でもう一度掛稲のなかに入り、化粧直しや血糊の仕込みをして、シシが行ってしまったらまた出るだんどりですが、客がわあわあ騒ぎ出した。私は掛稲のなかにいたんで観ることはかないませんでしたが、成石屋の親方から趣向をうかがっていたのでそれと察することができました。客は、『成石屋!』『猪役者!』と大喜びでしたね。ちら、とでも見たかったけど、そうもいかない。つらいところで……」

「わたいも観たかった!」

葱蔵はにやりとして、

「芝居好きとしては一生に一度の見ものですからね。もっとも、本当に二度と見られなくなっちまいましたが……」

「成石屋がシシに入ることを知ってたのは頭取とあんただけやったらしいな」

「ええ、たまたま私も居合わせましたので……」

「頭取に聞いたのやけど、あのシシの役は慣れたもんでも腰いわすぐらいきついらしいな。成石屋があの歳で、ようやれたなあ」

「役者に歳はねえって言いますから」

「舞台をめちゃくちゃにしたさかい、片づけるのによほど時間がかかった、て頭取が言うてたわ。あんたも、掛稲のなかで、かなりじれてたのとちがうか?」

「へ、へえ……そのとおりで……」

「一度も掛稲のなかから出んかったのやな」

「ええ……」

「だれか後見はついてたんか?」

「え? ああ、ひとりだけですが……」

「なんていう名前や」

「えーと……蒜二です」

伊太郎はその名を帳面に書き留めた。その帳面も伴次の家から拝借してきたのだ。

「なるほど。ほな、そのあとのことをきこか」

「シシが行っちまうと、掛稲から出る。そこに鉄砲の音がして、もがきながら血を吐いて倒れて死ぬんですが、客にも大ウケで面目をほどこすことができました」

「あんたのほかに舞台には役者はおらんかったんか」

「私だけです」

「与市兵衛の死体があるのやないか？」

「与市兵衛は、私が財布を奪ったあと、谷底へ蹴り落とす仕草をしたら、舞台裏から引っ込んじまうんです。だから、勘平が出てくるまでは私ひとりです」

「その勘平が出てこんかったのやな」

「シシから勘平に着替えるのに手間取ってるのかな、とはじめは思いましたが、いつまで待っても出てこねえ。なんだか舞台裏が騒がしいな、と思いながらじっとしていると、座頭が……とか成石屋が花道の下で……とかいった言葉が耳に入ってきて、こりゃあなにかあったな、と思いましたが、死体の身じゃあ動くわけにいかねえ。そのうちに客席も騒ぎ出して……頭取が幕を閉めちまったので、やっと起き上がった、てえわけで……」

「そうか。おおきに。ようわかった。——最後にひとつだけききたいのやけど、役者、裏方を含めて、韮十郎を恨んでたようなやつに心当たりはないか？」

「どういうことです？　あれは不幸な事故だとお役人もおっしゃっておいででしたけど、なにか成石屋の死にざまにご不審があるんですか」

「いやいや、そんなことはないで。ただ、ひっかかることがあると気の済むまで調べとうなる性分やねん」

「そりゃあ因果な性分だ。けど、私も役柄を気の済むまで作り上げねえと納得できねえたちなんで、わからないでもねえが……。——親方を恨んでるやつなんて聞いたことありませんね。だれにでも優しい、いいお方でした。ときどき突拍子もないことを思いついて、それをまわりに押し付けるようなところはありましたが、悪い評判は聞いたことがない。役者としても座頭としてもたいしたひとでした」

「えらい褒めるやないか」

「ふた親のいない私を三階の大部屋から拾い出してくださり、名題にまでしてくださった大恩人です。私にとっては父親も同然のお方でした。亡くなられたのは悲しゅうございますが、役者として精進し、親方に恩返ししたいと思っております」

「ええこと言うなあ」

「では、このあたりでよろしゅうございますか。お葬式の支度にかからねばなりませんので……」

「そうそう、昼四つから葬式があるのやな。手間取らせてすまなんだ。——せやけど、どうにも解せんなあ……」

「なにがです?」

「いや、こっちのことや。韮十郎の死に方に釈然とせんところがあってな。ま、じっくり考えてみるわ」

「あの……どんなことでしょう。そう言われちゃあ私も気になりますので、おっしゃってください。ひとに話すと、考えがまとまると申しますよ」

「葬式の支度があるのとちがうのかいな」

「なあに、人手はいくらでもありますから私ひとりいなくたって大丈夫です」

「そうか。それやったら言うけどな、成石屋は花道下の通路に入ったところで、猪のかぶりものを脱いだあと、悟助に引きずり倒されて、鉄釜で頭を打ったのやろ。けど、成石屋の死体は鳥屋のすぐ下の衝立の陰にあったのや。その間は八間ほどあるはずや」

「その理由(わけ)は昨日、私が申し上げたはず。頭を鉄釜に打ちつけた成石屋は、起き上がって悟助から逃げようとして、衝立のところまで行ってお亡くなりになったのでしょう」

「そうかもしれん。せやけど、鉄釜はどうなんや」

「え……?」

「血のついた鉄釜も衝立の陰にあったそやないか。ほたら、成石屋は鉄釜で頭を打ったあと、それを抱えてえっちらおっちら八間も歩いてから死んだ、ゆうことか？　そもそも鉄釜が置いてあった小道具の棚は衝立の近くにあったのやろ？」

「…………」

　葱蔵は言葉に詰まった。

「えーと……それはこういうことかもしれません。引きずり倒された親方は、悟助から逃げようとして地下道を進み、小道具の棚にぶつかった。鉄釜が降ってきて、親方の頭に当たった、と……」

「なるほどなあ。それやったら辻褄が合うわ。いやあ、すまんすまん。ちょっとでも引っかかることがあったら解きほぐさな気のすまん性分でな」

「いやいや、私も似たようなところがありますんでお気持ちはわかります」

　伊太郎は楽屋を出ていきかけたが、

「そやそや、これもついでにきいとこ。もうひとつだけ頼むわ」

　さすがにしつこいと思い始めた葱蔵だが、

「なんでしょう」

「これも頭取が言うてたのやが、久兵衛は上手袖で見てたけど、シシが上手に入ったのに気付かんかった、て言うとるのや」

「そいつは気が付かなかった。なにしろ私は掛稲のなかにいましたんで……」

「そらそやな。けど、なんで成石屋は上手にはけへんかったのやろ」

「あのおひとにとっちゃシシなんて初役も初役。ぐるぐる回ってるうちに上手と下手をまちがえたんじゃありませんかね」

「上手にはけるのと下手にはけるのでは、花道下の地下道までの距離がまるで違うやろ」

「なにが言いたんです」

「なにも……。妙や、と思たことを口にしてるだけや。ほな、そろそろ行くわ」

「お役目ご苦労さんです。このあとはだれにお会いになりますんで」

「さあ、どうするかな」

そう言うと伊太郎はようやく重い腰を上げて出ていった。その後ろ姿を葱蔵は不安そうに見つめていた。

# 5

小屋にほど近い菩提寺で市川韮十郎の葬儀が営まれていた。たいへんな人気役者である。本来であれば江戸中の芝居好きが集って不出世の役者の死を惜しむ盛大な式になるのだろうが、死にざまが死にざまであり、お上へのはばかりから大々的な周知をしなかったため、参列者も親族縁者や贔屓筋などにとどまるこぢんまりとしたものになった。それでも五人の僧侶が読経する声は堂に満ち、各方面から届いた大量の香典や米、香などの供物は置き場所がないほどだった。喪主は病気がちな韮十郎の妻に代わって、長男の百十郎が務めていた。

祭壇には花などのほかに猪のかぶりものが置かれていた。昨日の芝居で使われたものだ。亥の年、亥の月、亥の日に生まれた韮十郎を悼むため、韮十郎の妻が望んだらしい。

焼香を済ませた葱蔵は控えの間に入り、ほかの参列者たちに挨拶しながら茶を飲んでいると、さっき別れたばかりの伊太郎の姿が目に入った。

(あの野郎、なにしにきやがった……)

そう思ってちらちら見ていると、喪主の百十郎になにやら話しかけている。喪主は参列者への応対で忙しいはずだが、伊太郎は持ち前のずうずうしさで百十郎のまえから離れない。いい加減にしろよ、と思ったが、面と向かって言うわけにもいかず、無視を決め込んでいたが、どうにも気になって、苛立ちが募ってくる。葱蔵はとうとう立ち上がり、伊太郎のところに行った。

「葱蔵さん、また会うたなあ」

「ああ、さきほどはどうも。まだ、なにか？　喪主はいろいろたいへんなんで、あんまり独り占めしねえでくださいよ」

「すんまへん。ここに来たらいっぺんに皆さんと話ができると思いましたんで……」

「これは弔いですよ。みんな、親方の遺徳を偲びにきてなさるんだ。あんたが話をきくために集まったんじゃねえ。ことに百十郎は親に死なれて悲嘆にくれてるのをこらえて、喪主の務めを果たしてるんだ。いい加減にしてもらいたい」

「これはわたいとしたことが気が付きまへんでした。へへへ……ほな百十郎さん、また今度」

伊太郎は葱蔵とともにその場を離れた。

「百十郎となにをしゃべってたんです」

「気になりまっか？」

「そういうわけじゃないが、その……」

「まあ、いろいろと……なかなかおもろい、というたら不謹慎やが、興味深い話をきけました」

たとえばどんな、と言いたいのを葱蔵がこらえていると、伊太郎の方から、

「百十郎さんの言うには、どうもひとつだけ解せんことがあるらしい」

「それはどういう……」

思わず釣り込まれてたずねてしまった。

「百十郎さんは韮十郎さんに『定九郎はおめえがやるんだ。葱蔵にゃあ別の役をあてがうことにする。あいつに衣装を貸してもらえ。あいつが工夫した大事な役だから、しくじるんじゃねえぞ』と言われていたらしいのや」

「ははは……定九郎を百十郎にやらせるなんて座頭からは聞いたことがねえ。なにかの間違えじゃないですか。あれは私が工夫したやり方ですし、千秋楽のそりならともかくも、まだ公演の日数が残ってるんだ。途中から役代わりなんて、ありえねえありえねえ」

「そやろな。わたいもそう思うけど、百十郎はそない言うとるのや。あんたの定九郎

を毎日よう見て、振りを写しとけ、て言われたらしい」

「なんで成石屋がそんなことを言ったのかわからねえ。たぶん百十郎の勘違いでしょう。――つぎはだれから話をきくんです？」

「あんたにさっき聞いた蒜二ゆう後見や。どこにおるんかいな……」

「さあ……わかりませんね」

「ほな、探すとしよか」

「お役目ご苦労さんでございます」

そう言って葱蔵が頭を下げると、

「あれ？　あんた、頭のてっぺんに怪我（けが）してるやないか」

「あ……さようでございますか」

「うん、怪我してる。どないしたんや」

「粗忽（そこつ）にも酔っぱらって道で転んだので……」

「ずいぶん血が出たやろ」

「いや……それほどでも……」

「気ぃつけた方がええで」

葱蔵には蒜二がどこにいるか本当はわかっていた。伊太郎が去ったあと、葱蔵は香

典の番をしている蒜二のところへ行って、

「蒜二、昨日の関っ引きたちが来ても、あんまりぺらぺらしゃべるんじゃねえぞ」

「ぺらぺらって、なんのことをです？」

「なんでもだ。つまらねえことならいいが、この一座の命取りになるかもしれねえようなことは黙ってろ。痛くもねえ腹をあれこれ引っ掻き回されて、せっかくの興行が潰されちまうかもしれねえ。それに、亡くなった親方の恥になるようなことになっちゃ申し訳が立たねえ。そうだろ？」

「へえ……」

「あっ、来やがった。じゃあ、頼むぜ」

葱蔵が少し離れたところにある柱の陰に隠れて様子をうかがっていると、伊太郎が十手を振りかざして蒜二に近づき、

「あんた、蒜二さんやな。昨日のことでちょっとききたいことがあるんやけど……」

「へっへっ……一一座の命取りになるようなことはしゃべれねえんで……」

葱蔵は、

（あの馬鹿……！）

と思ったがどうにもならない。

「そんな内緒ごとがあるんか?」

「いえ……べつに……」

「昨日、あんたは葱蔵の後見を務めてたらしいな。蟻三屋は猪の出のときはずっと掛稲の後ろにいたんか?」

「ははは……そいつぁ言えません」

「なんでや」

「へへ……ちと理由ありでね」

葱蔵は我慢できずに飛び出して、つかつかと伊太郎のところに行って、

「ああ、蒜二に会えてよかったですね」

「おかげさんで」

「なにをきいてたんです?」

「あんたの後見をしてたときのことや。猪の出のとき、ずっと掛稲の裏にいたかどうかを知りとうてな。けど、理由ありやいうて答えてくれへんのや」

葱蔵は笑って、

「なんだ、そんなことなら私にきいてくれればよかったのに。実ぁ昨日はずっと腹を下してて、何度も厠に通いました。定九郎が一旦掛稲に引っ込んだあとも、どうにも

ならないほど催しちまって、このままじゃ粗相をする、それよりは出が遅れる方がましだ、てんで蒜二に断って厠に駆け込みました」

「ほう……あんた、さっきは掛稲に入って化粧直しや血糊の仕込みをしてたら、客がわあわあ騒ぎ出した、て言うたやないか」

「ついうっかりそう言っちまいました。本当は掛稲のなかじゃなくて、厠であの騒ぎを聞いてましたんで……」

伊太郎は蒜二に向き直り、

「蟻三屋が戻ってきたのはいつ頃やった?」

葱蔵が、

「それは……」

と言いかけると、

「わたいは蒜二にきいとんねん」

蒜二は葱蔵を気にしながら、

「えらい遅かったです。猪がさんざん暴れ倒して、そのあとやっと引っ込んでからもしばらく帰ってこなかったから……もし、猪があんなにめちゃくちゃをして、その後始末をすることがなかったら、とても間に合ってなかったでしょうね。お兄さんにとっちゃ、救いのシシってわけで……」

　葱蔵は、

「すいません。途中で止めるわけにいかなかったもんで……。けど、私が掛稲の裏にいるのと厠でしゃがんでるのとの違いがなにか吟味に差し障りますか？」

「それはわからん」

　伊太郎は冷ややかな声でそう言った。

　やがて、葬儀は終わった。参列者たちは三々五々帰っていった。葱蔵は自宅ではなく、市村座に戻らねばならない。最後に祭壇に向かって手を合わせ、その場を去ろうとしたとき、伊太郎がやってきた。また質問かと身構えたが、伊太郎はシシのかぶりものに近づき、そのなかを探ったり、のぞきこんだり、しまいには自分でそれをかぶろうとしたので、
「素人は小道具に触らねえでもらいてえ。壊されると困るし、第一それは成石屋の親方が最後にかぶっていたもので、我々にとってはただのおもちゃじゃねえんだ。ふざけないでもらいてえ」

きつい口調でとがめると、

「ふざけてるわけやない。詮議しとるのや」

「そんなことでなにがわかる」

伊太郎は答えず、十手を取り出すとその先端でシシをつつきだした。

「おい、やめろ！」

伊太郎は笑って、

「あんた、えらいこの猪のかぶりものが気になるようやな」

「そんなことはねえ。親方の形見のようなもんだから……」

「もう、ええ。十分わかった」

「なにがわかったんだ」

「いろいろとな」

そう言うと伊太郎は向こうに行ってしまった。気になった葱蔵はしばらくその猪をにらみつけていた。自分でもなかを見てみたかったが、怪しまれると思い、後ろ髪を引かれる思いで本堂を出た。寺の門をくぐったとき、韮十郎の男衆のひとりが近づいてきて、

「蟻三屋さん、おかみさんがお呼びです」

「控えの間にいらっしゃるのか」

「いえ……大事な話があるとかで、家の方に来てほしいと……」

「家？」

「へえ、主だった役者衆も皆呼ばれてるみてえですぜ」

　葱蔵は首を傾げた。

「やっぱりここでしたか」

　伊太郎が祭壇に向かってなにやら考えていると、後ろから声がかかった。振り向くと伴次である。

「若旦那、たいがいにしておくんなせえよ。十手を勝手に持ち出して、お上の手先のふりをして詮議ごっことはおだやかじゃねえ。あんたにそんなことさせてたら寅右衛門旦那に大目玉食らいますんで、どうかおとなしくしていてくだせえ」

「もうええねん。全部わかったさかい」

「わかった、とはなにがわかったんで？」

「成石屋殺しの下手人や」

「えっ？　悟助じゃねえんですかい」

伊太郎はかぶりを振り、

「悟助には殺せんのや。悟助が、楽屋泥棒と間違えて成石屋を引きずり倒したのは、シシが引っ込んだあとやった、て言うとったな。けど、成石屋はそれよりもずっとまえに死んでたはずや」

「そんな馬鹿な」

「ほんまや。順序だてて説明したるさかいよう聞いてや」

伊太郎の語る「解」を、伴次ははじめのうち半信半疑の顔つきで聞いていたが、そのうち何度もうなずくようになり、

「なーるほど。それに違（ちげ）えねえ。てえしたもんだ」

最後には驚いたようにそう言った。

市川韮十郎の家に赴いた葱蔵は広い座敷に通された。驚いたことに、そこには大勢の名題役者たちのほかに、市村座の座元や数人の金主、座付き作者たちも集められていた。頭取の久兵衛もいた。ほとんどはさっきの葬儀で顔をあわせたものたちである。

皆、なぜ自分たちが呼ばれたのかわかっていない様子だった。

しばらくすると、韮十郎の未亡人と息子の百十郎が入ってきた。しかも、江戸歌舞伎のもう一方の雄であり、しばらく大坂の道頓堀にいたが数日まえに帰ってきたばかりの尾上海松五郎という大物役者があとに続いた。三人は着座すると、まずは未亡人が口を開いた。

「さきほどは故人の弔いにお越しいただきありがとうございました。皆さまにお集まりいただいたのは、市村座での興行のことでございます」

一同は静まり返った。

「皆さまご存じのとおり、市村座の勝手向きはたいそう苦しく、今年はとても資金が調達できないから休座するしかない、というところを金主の皆さんが韮十郎の顔をつぶすわけにはいかぬとお金を出してくださり、なんとかかんとか形を調えて、一年間乗り切ってまいりました。しかし、不入りも多く、それをなんとしてでも取り戻そうと、九月興行に秋にはふさわしからぬ忠臣蔵を思い切って出しましたところ、たいへんな大当たりとなり、連日の大入り。とうとう十月いっぱいまでの延長が決まり、やれうれしやと思うておりましたところへこの不運……」

未亡人は下を向き、咳き込んだ。病弱なので今日の葬儀が堪えたようである。百十

郎がその背中をさすると、また顔を上げて、

「座元や金主の皆さんから、なんとか韮十郎の代わりを立てて、興行を最後まで全うしたい、との申し出がございまして、いろいろ相談いたしましたその結論として決まったことを申し上げたいと思います。——亡くなった韮十郎が常々口にしておりましたのは、江戸の役者のなかで俺のあとを継げるのは葱蔵しかいない、ということでございました」

葱蔵は刃物で胸を刺されたかのような衝撃を受けた。

「今度の忠臣蔵人気も、自分の大星と勘平だけではない、ほとんどのお客さまが葱蔵さん工夫の定九郎を観にきている、あいつはたいしたタマだぜ、と毎日のように私に申しておりました」

そんな馬鹿な……と葱蔵は思った。親方は自分を潰そうとしていたはずではなかったか。そうでなければ、定九郎を百十郎に渡せとは言わないだろう……。

「葱蔵さんは定九郎の役作りと人気に満足している様子。主人は『俺の目の黒いうちにあいつにはもっとうえを目指してもらわにゃならねえ。今日から定九郎は無理矢理取り上げて百十郎にやらせ、明日から俺ぁ由良之助ひと役にして、あいつに勘平を任そうと思うんだが、どうだろう。人気の定九郎役の葱蔵が勘平をするとなりゃあ、今

度の芝居、尻ばねすること間違いねえ。今晩から俺が手取り足取り教えるつもりだが、あいつのことだ。また、新しい工夫をして俺をびっくりさせてくれるだろうよ。そいつが楽しみでならねえや』……そんなことを申しておりました」

葱蔵の目には熱いものがにじんでいた。親方がそんなことを思っていたとは……。

「そういうわけで、本日ここにお集まりいただいた皆さまへのご報告として、主人の遺言に基づき、明後日より葱蔵さんに勘平を、百十郎に力弥（りきや）と定九郎を千秋楽まで務めてもらうことといたします。由良之助は、大坂から帰ったばかりの尾上海松五郎さんにお助けいただくことになりました」

海松五郎は、

「成石屋のためにひと肌脱ぐことにした」

そして、葱蔵に向かって、

「明後日からよろしく頼むぜ」

葱蔵は夢でも見ているような心地だった。

葱蔵は市村座へと戻ってきた。途中の居酒屋でひとり祝杯を挙げたことは言うまで

もない。親方に申し訳ない……とは思ったものの、

（とうとうやった……！）

という気持ちが勝っていた。自分の前途は洋々だ、と思った。

（こうなったらどこまでも上り詰めてやる！）

そんなことを思いながら楽屋に入ろうとすると、ひとりの男が葱蔵の化粧まえに座り、化粧道具の入った箱を開けているのが見えた。男は道具箱のなかから手ぬぐいに包まれたものを摑み出し、

「ちっ……金じゃねえのか……」

そんなつぶやきが聞こえた。

（楽屋泥棒……！）

咄嗟にそう思い、男に飛びついた。手ぬぐいのなかからなた豆煙管が転がり出た。

葱蔵は男を殴りつけたあと、その顔を見た。

「おめえは……妙太郎！」

腹が痛いと言ってシシの役を休んだ大部屋役者である。

「そうか、おめえが楽屋泥棒だったんだな」

「見逃してくだせえ。妹が病気で金がいるんだ。あんたももとは三階役者。俺の気持

ちもわかるでしょう」

「そうはいかねえ。おめえと俺は違うんだよ」

妙太郎はふところに呑んでいた匕首を引き抜き、突っかかってきた。

（刺される……）

そう思ったとき、

「そこまでだ」

その声とともに入ってきたのは馬喰町の伴次と伊太郎だった。伴次は十手で軽々と妙太郎の匕首を叩き落とし、腹を蹴飛ばした。妙太郎がひっくり返り、意識を失ったところをなんなくお縄にすると、伴次は葱蔵に向かって、

「あんたが戻ってくるのを待っていたら、とんだおまけの獲物が獲れたぜ」

「私を待っていたとは……なんのご用件です？」

「あんたにたずねてえことがある。韮十郎殺しの一件だ。——あんたがやったんだろ」

「そ、それは悟助が……」

「ひと殺しはいけねえこったが、他人に罪を着せるのはもっといけねえ。——若旦那、絵解きをしてやってくだせえ」

「あいあい、承知の助や」

代わって伊太郎がまえに出ると、伊太郎はなた豆煙管を手に取り、

「なにが凶器やろかと考えてたけど……これで韮十郎をどついたのやな。まだ血がこびりついてるわ」

「いえ、私は……」

「まあ、聞いてんか。あんたはたぶん、自分が工夫した定九郎を成石屋が取り上げてせがれの百十郎にやらせようとしてると思たのやろ。花道の鳥屋下で待ち構えてて、成石屋がシシになるために来たところをそのなた豆煙管で殴り殺した。あんたの頭に傷があり、鉄釜にも血がついてるところをみると、そのとき鉄釜が落ちてきてあんたの頭に当たったのとちがうかな」

「………」

「あんたは成石屋の死体と鉄釜、シシのかぶりものなんぞを衝立に隠すと、掛稲の裏に駆けつけ定九郎としての芝居をした。そのあと、蒜二さんに『腹下しがひどい』と言ってその場を離れ、衝立のところに戻ってシシになった。シシが成石屋であることを強調すれば客は喜ぶ。その後始末に時間がかかることを狙ってさんざん暴れ放題。上手に入ったら時間がないということで下手からはけて、かぶりものを衝立の陰に戻

そうとしたが、花道下の通路に入ったところで悟助に見つかった。しかたなくかぶりものをその場に捨てたが、悟助と乱闘になり、悟助はあんたを鉄釜に打ち付けて殺した、と誤解した。——けど、わたいはほかに凶器があるとみた。理由は、鉄釜が衝立の裏にあったさかいや。死んだのが本舞台に近いところやとしたら、鉄釜が八間も離れてる鳥屋下にあるのはおかしいやろ。わたいがあんたに目ぇつけたのは、そのことを言うたら、あーだこーだといろいろ理屈を言い出したさかいやねん」

葱蔵は拳を握りしめた。

「あんたは、皆が舞台を片付けてるうちにシシから定九郎になり、掛稲裏に戻って、舞台のうえで死んだ。シシから定九郎への早変わり、というわけやが、客も役者も裏方もシシが成石屋やと思てるさかい、舞台で死んでるあんたには疑いはかからん、と踏んだのやろな」

「口から出放題だが、証拠はあるんですかね」

「血のついたこの煙管がなによりの証拠やけど、だれの血かわからん、てな言い逃れをするつもりかいな。そうはいかんで。葬式のとき、猪のかぶりものを調べさせてもろたら、頭が当たるところに血がついてたわ。この血、だれの血やろなあ。成石屋のもんやないわなあ。頭をどつかれたあとに猪に入るわけがない。シシに入ってたのが成石屋ではなかった、ゆう証拠や。それと……かぶりものの奥の方からこんなもんが出てきたで」

そう言って取り出したのは葱蔵の名前の入った手ぬぐいだった。

（すっかり忘れてた……）

観念した葱蔵はその場に両手を突いた。すべての「前途」ががらがらと崩壊した瞬間だった。

「親方……すみませんでした……そんなお気持ちとは知らず……」

葱蔵は韮十郎への詫（わ）びを口にしたが、なにもかももう遅かった。

◇

葱蔵は韮十郎殺しの罪で北町奉行所同心石部金太郎に召し捕られた。伴次は市村座からの帰り道、伊太郎に言った。

「勘平は猪を撃ったつもりがじつは定九郎を殺してた。けど、当人は舅（しゅうと）の与市兵衛を殺してしまった、と勘違いして腹を切っちまった……てえわけですね」

「そや。成石屋の頭の傷は葱蔵がなた豆煙管で殴ったもん、葱蔵の頭の傷は落ちてきた鉄釜でついたもの、悟助が葱蔵を引きずり倒したときは怪我せんかった……おんなじようなこっちゃなあ。片付いてみたら、しょうもない事件やったわ」

「そんなこたぁありません。悟助は縛り首にもなるところだったのを俺たちが助けたんだ。ひとひとりの命を救ったんだから若旦那は立派ですよ」

「けど、江戸の歌舞伎は将来有望な役者をひとり失(うしの)うてしもたな」

ふたりはしばらく黙って歩いていたが、

「しかし、若旦那……この難題、よく解きほぐせましたね」

「ああ、ええ退屈しのぎになったわ。ほかにもこんなんないか？」

そう言って伊太郎は大きく伸びをした。

「ひと殺し、それも梨園(りえん)の事件なんてそうたびたびあるもんじゃねえ」

「そうか。また明日から暇になるなあ。退屈で死んでしまうかもしれん。ちょっと吉原(よしわら)にでも行ってみよか……」

「馬鹿なことを。そんなことが寅右衛門旦那に知れたら勘当が解けねえ。俺のことも考えてくだせえましよ」

「それやったらせめて、事件が解決した祝いにパーッと……」

「やりましょうか、焼き豆腐で！」

伊太郎は転びそうになりながら、不思議な満足感に浸っていた。

# 黙って座れば殺される

# 1

「ごらあああああっ、伊太郎ううううっ！」

ガラガラガラガラ……と時ならぬ雷が大坂今橋にある両替商菱松屋の店先に落ちた。若旦那のお帰り、という声を聞きつけ、店の奥からどすどすと出てきた主（あるじ）の寅右衛門が怒鳴ったのだ。その声のあまりの大きさに、棚がびりびりと震え、置いてあるものがいくつも落下した。奉公人たちは「またや、また銅鑼が鳴っとる」と言いながら耳をふさいだ。寅右衛門の大声（たいせい）は界隈でも知れ渡っており、まるで数百の銅鑼を一斉に叩いたようなやかましさなので、奉公人や近隣のものたちは「寅右衛門」をもじって陰で「銅鑼右衛門（どらえもん）」と呼んでいた。

そして、寅右衛門を怒鳴らせている原因が彼の目のまえにいた。

「なんですう、お父っつぁん……」

役者を気取っているのか、顔にうっすらと化粧をした二十五歳ぐらいの若い男だ。顔は細く、体つきもキュウリのようにひょろりとしていて、往来で犬にぶつかっても倒れそうだ。

「お、おまえ、また新町に居続けしたな」

「へえ、ちょっと……」

「ちょっとやない。七日やで。七日は長すぎる」

「ははは……六日にしといたらよかった」

「そういう問題やない。それにおまえ、どんな遊び方しとるのや。さっき勘定書きが届いた。とんでもない額や。店貸し切りにして、芸子、舞妓総揚げにでもせんとこんな高うはならんやろ」

「芸子、舞妓総揚げ……まさにそれだす」

「七日間もか……」

「へえへえ」

「おまえは店を潰す気か！」

「この店はわたいが少々遊んだぐらいで潰れるような身代やおまへんやろ。奉公人の数が千人以上、大名貸しの総額が一千万両……わたいが七日間ぐらい遊んだかて蚊が牛を刺した程度……屁でもおまへんやろ。わたいがなんぼ金食い虫で、この店の財産食いつぶそうにも、途中で腹が痛うなりますわ。そんなこと無理無理」

「お、おまえというやつは……」

「お父っつぁん、顔が鬼みたいになってまっせ。いつまでもそんな顔してたら、顔が固まってしまいまっせ。町を歩いてても、鬼が来た鬼が来たゆうて、子どもから豆ぶつけられまっせ。それでもよろしいんか？」

「やかましい！　ああ言えばこう言う。口から先に生まれたとはおまえのことや。商人には付き合いというものがある。よその旦那衆にお会いしたときに、なんにも知らんでは困る。茶屋遊び、芝居、古道具、俳諧、囲碁、将棋、花かるた、釣り、朝顔作り、飼い鳥……恥をかかんようにどれも少しずつかじればええのやが……おまえは全部丸呑みやないか！」

「どれもこれも面白いもんで……」

「そんなことしとる暇があったら、うちの商売を覚えんかい。このままではほんまにおまえの代になって潰れてしまうで」

「まあ、それもよろしやおまへんか」

「な、なにい！」

「怒らんと聞いとくなはれ。わたいはたまたまこの大店の跡取りに生まれました。これはわたいの運がよかったんだすな。お父っつぁんが死んだら、この店はひとりでにわたいのもんになります。そうなったら遊びに遊びたおしてやるつもりだす。それで店が潰れたとしても、ああ、面白かったなあ、と死ねますがな。けど、考えてみたら、わてが跡を継いでから遊ばんでも、どうせいずれはわたいのもんになる身代。今から遊んだかておんなじこっちゃ、と気づきましてな、それで毎日遊びに精出してるというわけでおます。わたいが跡を継ぐ日まで、どうぞお父っつぁんは一生懸命働いて店を大きゅうしとくなはれ。頼んまっせ」

「ききき貴様というやつは……許さん！　もう許さん！　ぜったいに許さん！」

「どうなさるおつもりで？」

「アホやアホやと思とったが、ここまでアホやとは思わなんだ。頭をカチ割って、なかに詰まっとるアホ全部捨ててやる」

「あっはっはっ……どうぞやってごらん。わたいもそのアホとやらを見てみたいわ」

「なんやと！」

　寅右衛門はそこにあった玄翁（げんのう）を振り上げた。

「旦さん、落ち着きなはれ！」

　蔵で仕事をしていたらしい一番番頭の儀兵衛（ぎへえ）が走り寄って、寅右衛門の腕にしがみついた。

「放しなはれ、番頭どん。今日という今日は腹に据えかねる」

「それはわかりますけど、手荒い真似はあきまへん。――若旦那、早う謝りなはれ」

「なんで謝らなあかんのや。わたい、なんぞ間違うたこと言うたか」

「一から百まで全部間違うてはります」

「そやろか。親がせっかく築いてくれた身代、子どもが使わんともったいないやないか」

それを聞いた寅右衛門は持っていた玄翁をその場に落とし、ぽろぽろっと涙をこぼした。

「もう、ええ。ようわかった。――伊太郎、おまえは今日かぎり勘当や」

伊太郎はにやりと笑い、

「そんなこと言うてよろしいんか？　うちの跡取りはわたいひとりだっせ」

寅右衛門はため息をつくと、

「残念やが、だれか親戚の子を養子にもろて、そいつに跡を継がす。――おまえは用なしや」

さすがに伊太郎は顔をこわばらせたが、

「よろしゅおます。勘当、結構。ほな、出ていかせてもらいます。なんやねん、こんな家。継ぐのはこっちから願い下げや」

儀兵衛が蒼白になり、

「あきまへん、若旦那！　早う頭下げなはれ！」

「人別帳」には名前、生国、檀那寺などが記載されており、その人物がキリシタンではないという証明にもなる。勘当になるとは「人別」から外れるということだ。これまで当然のように享受していたすべての権利を失い、「無宿人」になるのである。請け人（身元保証人）がいないので、当然、まともな職にはつけないし、住める場所も限られる。

「ええのや、番頭どん。わたいもな、毎日ガミガミ銅鑼鳴らされて、窮屈やな、と思てたとこやねん」

儀兵衛は呆れ顔で、

「窮屈て……あんたほどののびのびやってる人間、ほかにいてまへんで。それに、この家を出て、ご飯はどないして食べまんのや」

「さあなあ……けど、お天道さまと米の飯はどこへ行ってもついてまわる、て言うやないか。なんとかなるやろ」

「失礼ながら甘いお考えだす。生まれてからいっぺんも働いたことのない、好きなときに起きて好きなときに寝て、毎日美味しいものを食べて遊んでるだけのあんたにはわかりまへんやろが、働くというのはしんどいことだっせ。朝から晩まで雑巾みたいにこきつかわれて、ときにはうるさい旦那の機嫌も取らなあかん。それやのに給金は雀(すずめ)の涙や」

寅右衛門が咳払いをした。儀兵衛はハッとして、

「す、すんまへん。旦さんがいてはるのをコロッと忘れてました。今のはあくまでよその店のことで、うちはそんなことまったくおまへん。働きやすいし、給金は多いし、旦さんは優しいし……」

「急にべんちゃら言わんでよろし。町年寄と親戚呼んできなはれ。お奉行所に届けを出さなあかん」

儀兵衛は寅右衛門の袖にしがみつくようにして、

「旦さん、思いとどまっとくなはれ。なんぼなんでもそれではあんまり若旦那が……」

伊太郎はへらへら笑いながら、

「儀兵衛、かまへん。わたいもここを出て、やってみたいこともあったのや。ちょうどええ機会やないか」

「アホなことを……。人別抜けたら、物乞いになるおひともいてますのやで。それを

ちょうどええやなんて……」

伊太郎は寅右衛門に向き直り、

「ほな、お父っつぁん、長々お世話になりました。さいならー」

そう言うと部屋を出ていった。儀兵衛は寅右衛門に、

「ほんまによろしいんか」

寅右衛門はかぶりを振り、

「番頭どん、わしにとっても大事な大事なひとり息子や。勘当するつもりはない」

「え？　ほな……」

「さすがに勘当と言えばちょっとはしゅんとするかと思うたが、まるで堪えた様子はない。呆れ果てた呑気ものやな。けど、しばらくひとりで苦労したら、骨身に染みるやろ」

「ということは……」

寅右衛門はうなずき、

「内証勘当や」

正式な勘当は、町奉行所に願書を出し、勘当帳に記載するという手続きが必要であった。しかし、内証勘当は、口頭で言い渡すだけで公には効力のない、懲罰的な勘当

である。

「けど、親類、縁者、知り合いなんぞには手紙を出して、せがれは本日付けで勘当いたしました、もし伊太郎が頼ってきても、飯を食わせたり、泊めたり、金を渡したりしてはならん、ときつう言いつけておくことにする。もし、そんな真似をしたとわかったら、縁を切る、とな。それぐらいならかまへんやろ。あいつに、自分の力で金を稼ぐゆうことのたいへんさを味わってもらいたいのや」

「できまっしゃろかな、あのお方に……」

「うーん……」

寅右衛門は牛のように唸った。

◇

しばらくのちに伊太郎の姿は菱松屋の裏路地にあった。木戸が開き、中年の婦人が顔を出し、きょろきょろと周囲を見回している。

「お母ちゃん、ここや、ここや」

伊太郎が小声で言うと、

「あんた……とうとう勘当されてしもたやないの。わてが一緒に謝ったるさかい、お父っつぁんのところに行こ」

「ええのや、これで。せいせいしたわ」

「なんちゅうバチ当たりなこと……」

「ははは……こんな大店の息子に生まれついてしもたさかい、こんな金食い虫が育ったのや。わたいのせいやないで」

「あんたという子は……呆れてものが言えんわ」

「そんなことより、頼んでたもん持ってきてくれた？」

伊太郎の母おふじは少したぬらったが、ふところから布の財布を取り出し、伊太郎に渡した。伊太郎は中身を見て、

「なんや五十両か」

「あんたは百両と言うたけど、手文庫にそれだけしかなかったのや」

「これっぽちやったらすぐになくなってしまうなあ。まあ、ええわ。また、もらいに来るさかい……」

「そうたびたび無心に来られても困るわ。見つかったらわてが離縁されてしまうやないの。ちょっとは真面目に働いたらどう？　そうしたらお父っつぁんも……」

「わかったわかった。慣れんことやが働いてみるわ」

「あんた、どこに住むつもりや。あてはあるんか」

「あるある、心配せんといて」

「よかったら、家質のカタになっててそのまま流れた長屋がぎょうさんある。そこやったらタダで住めるで」

「そんなとこ、すぐにお父っつぁんにバレてしまうがな。——ほな、お母ちゃんも達者でな」

　おふじははらはらと涙を流して、立ち去る伊太郎をいつまでも見つめていた。伊太郎は角を曲がると、

「へっ、だれが働くかいな。おぎゃあと生まれて今日まで働いたことないのが自慢やねん。——せやけど売り言葉に買い言葉とはいえ、ほんまに勘当食らうとはなあ……。ま、ええわ。なるようになるやろ」

　そのあと五十両を持って伊太郎が赴いたのは、さっきまで七日間居続けていた新町だった。

「ああ……久しぶりに来たような気ぃするな」

　伊太郎は阿波屋という看板の出た一軒の茶屋に入ると、

「女将、ごぶさた」

「んまあ、若旦さん、なにかお忘れものでやすか」

女将が言った。

「いや、遊びにきたのや」

女将は目を丸くした。

「長いこと居続けて、最前帰りはったとこだっせ」

「それが、とうとう親父（おやじ）に勘当くろてな、行き場がないのや。しばらくまた遊ばせてくれ」

女将は用心深そうな顔になり、

「それはよろしいけど……あんさん、お金はお持ちだすか？　そらもちろん、あれだけ日頃お世話になってる若旦那のことですさかいタダでもお遊びいただきたいところだすけど、うちも商売だすさかいなあ……」

「わかってるわかってる。お母ちゃんが内緒で五十両くれたのや」

そう言って伊太郎は胸のあたりを叩いた。

「そうだっか。ありがたいのは親の恩。無駄遣いしたらあきまへんで」

女将はそう言いながら内心ぺろりと舌を出した。そして、またまたどんちゃん騒ぎがはじまった。

◇

五十両の金は十日の居続けですっかりなくなった。

「困ったなあ。金ゆうもんは、使（つこ）たらなくなるのやなあ。——けど、まあ、なんとかなるやろ。ここの女将とは長い付き合いや。これだけ奉公人もおるのやさかい、わたいひとりぐらい食い扶持（ぶち）が増えたかて、どうということはなかろ」

たかをくくって昼酒を飲んでいると、

「若旦那、言いにくいんだすけどなあ……」

座敷に入ってきた女将が言った。

「お預かりしたお金、もうおまへんのや。これ以上居続けなさるなら、なんぼか足してもらわんと……」

「そうか、めんどくさいけど、ほな、ちょっと取りにいってくるわ」

伊太郎は十日ぶりに家に帰った。店のまえで打ち水をしていた丁稚（でっち）の鱈吉（たらきち）に、

「鱈吉……鱈吉……」

鱈吉はきょろきょろあたりを見回して、

「あ、若だ……やない、知らんお方」

「なにが知らんお方や。わたいや、わたい。伊太郎やがな」

「すんまへん。旦さんから、あんたを見かけても若旦那と呼ぶな、うちとはもう縁の切れた、知らん人間になったのや、話しかけられても返事をすることならん、て言いつけられてますのや」

「そんなこと言うな。ちょっとお母ちゃん呼んできてもらえるか」

「ご寮(りょん)さんはお留守だす」

「嘘(うそ)つけ。な、頼むわ。お金がないのや。お母ちゃん呼んできてくれ」

「あきまへん。あんたと話してるのを見つかっただけでも叱られます。帰っとくなはれ」

「それやったらな、小遣いやるわ。小遣い……ああ、そうか。一文なしやった。お母ちゃんにお金もろたら、そのなかから小遣いやるさかい……」

「さいならー」

「あっ、おい、鱈吉！　行ってしもたか……」

そのあと、丁稚や手代にこっそり声をかけたが、反応は同じだった。思い切って番頭の儀兵衛に、

「お父っつぁんに内緒でなんぼか金貸してくれへんか」

「若旦那……あんた、勘当になりましたんやで。それがどういうことかおわかりだすか。あんたのふた親とも、この店ともなんの関わりもないお方になりましたのや。それもこれも全部あんたの身から出た錆(さび)だっせ」

「はははは……そんなつれないこと言わんとき。三十両でええのや。あかんか。ほな二十両。あかんのか。十両でもええわ。九両、八両、七両……」

「なんぼ下げていったかて無理でおます。あきらめとくなはれ」

「なんやいな、ケチ！　ほたら、お母ちゃんに取り次いでくれ。お母ちゃんなら五十両が百両でも出してくれるはずや」

「ご寮さんは、今はもうあんたの母親やおまへん。赤の他人だす。こないだあんたに手文庫のお金濆したことが旦さんに知れて、えろう叱られてはりました。ここで、わてがあんたとこうしてしゃべってるだけで、わてもクビになるかもしれん。迷惑だすさかい、二度と来んといてもらえますか」

早口でそう言ったあと、

「あんたとは縁切りだす。けど、これでお別れとはあまりに薄情。ちょっと待っとってもらえますか。お渡しするものがおます」

「金か？」

かぶりを振った儀兵衛は一度店のなかに入ると、しばらくして一挺（ちょう）の三味線を持って現れた。

「それ、わたいが江戸の石村近江（いしむらおうみ）（名高い三味線製作者）に注文して作らせた三味線やないか」

「あんたが大事にしてたもんだす。一時（いっとき）はえらい凝って夜も寝ずにお稽古してはった。おかげでわてらは寝不足だしたわ。これだけはお渡しいたします」

「そ、そうか……」

金ではなかったのでがっかりした伊太郎だが、

（まあ、これだけの三味線なら質屋に持っていってもけっこう貸してもらえるやろ……）

伊太郎は肩を落としてとぼとぼと新町に帰ったが、阿波屋の女将は、

「お金がないのなら、上がってもらうわけにはいきまへん。申し訳ないけど、出直してもらえますか」

「そんなつれないことを言いないな。これまでどれだけここで金使うたと思とるのや」

「うちも商売だすさかい、お金さえいただければ手厚うおもてなしさせていただきま

すけど、お金のないお方におもてなしはいたしかねます。ほかのお客さんとの兼ね合いもおますさかいな。今からそこ掃除しますのや。邪魔やさかい帰っとくなはるか」

舌打ちをしてその場を去る。ほかのなじみの店にも行ってみたが、同じことであった。

「くそっ、恩を忘れよって……」

伊太郎は舌打ちをしたが、

「そや、あいつなら……」

置屋に行き、初蝶という芸子を呼び出した。

（あいつにはなんぼほど金使うたかわからん。しばらくはあいつの部屋に居候と洒落込むか……）

しかし、思ったとおりにことは運ばない。

「若旦那、聞きましたで。勘当になりはったそうで……」

二階から下りてきた初蝶は心配そうに言った。

「そやねん。それでなあ、しばらくおまえの部屋に置いてもらえんかと思て……」

「うわあ、生憎だすなあ。ちょうど親類の子が禿に来てて、わての部屋に住まわせてますのや。三人には狭すぎますさかい、あきらめとくなはれ」

「な、なんやと？　わたいの頼みを断るゆうのか」

「そういうわけやおまへんけど……そういうことになりますなあ」

「なあ、行く場所がないのや。隅っこの方でええさかい……」

初蝶は軽蔑しきった目で伊太郎を斜めに見ると、

「若旦那、金の切れ目が縁の切れ目、ゆう言葉知ってはりますか。わてらは所詮金儲けでこのお仕事してますのや。客がお金を持ってくるさかい、べんちゃらのひとつも言いながら、嫌なお方に身を任せます。それを……タダで……冗談も休み休み言いなはれ。あんたもそのぐらいのことわかってお茶屋通いしてたのとちがいますか？」

「そんなこと言うな。おまえとわたいの仲やないか」

「はあ？　色男気取りもええ加減にしとくなはれ。鏡見たことおますか。あんたみたいなひょろっとした頼りない優男に、惚れる女なんかいてまへんわ」

けんつくを食らって追い立てられた。

今朝までお大尽扱いされていただけに、その落差が身に染みる。

「くそっ……どいつもこいつも……」

（どないしよ。お父っつぁんに頭下げるか……。真面目に働け、と言われるやろなあ。働くのだけはぜったいに嫌や。となると……）

一緒にお茶屋遊びをした友だちや、菱松屋に世話になっている出入りのものの顔がつぎつぎと浮かんだ。

(よし、あいつらのところ、片っ端から泊まり歩いたろ……)

というわけで、知人の家を訪れて、しばらく泊めてくれ、と頼んではみたが、菱松屋の主から厳しい回状が回っているらしく、

「すんまへん、お泊めしてあげたいんだすけど、親旦那からきつう釘を刺されてまして……」

と断られる。なかには、

「若いときのやんちゃはしゃあない。なんぼでも泊まっていけ」

と物わかりのいいことを言うものもいたが、伊太郎があまりになにもせず、毎日朝から晩までごろごろして、縦のものを横にもしないのに、飯はひと一倍食べ、酒も遠慮せずに飲むので、

「すまんけど出ていってくれ」

と追い出される結果になる。しまいには、行き場がまったくなくなった。金もないし、腹が減ってたまらない。

(うーん……こうなるとは思わなんだなあ……。家を出るときに、いろいろ持ってき

たらよかった。金に飽かして集めた印籠、根付、ヒョウタン……どれも売ったらええ金になったやろに……手もとに残ったのはこの三味線だけか……）

売り払おうかとも思ったが、やめた。それだけ愛着のある三味線だったのだ。

しかし、働こうという気には一切ならなかった。暇にまかせて四天王寺の境内をふらふらしていると、今日は紋日とみえて、さまざまなぶっちゃけ商人（地面に品物を並べる物売り）が店を出している。そんななかに「早寿司」を売るものがいた。

「江戸寿司やいな、早寿司やいな。握りたて美味いのん、握りたて美味いのん……」

上方の寿司といえば押し寿司だが、作るのに暇がかかる。飯に酢を混ぜ込み、それを握って、魚介の切り身を載せたものは手早くできるところから「早寿司」と呼ばれ、江戸から伝わったところから「江戸寿司」とも呼ばれて、こちらでも流行りつつあった。職人が言い立てながら寿司を握っている様子をぼんやり見ていた伊太郎だが、ある思いつきが天啓のようにひらめいた。

（そや、日が照るのは大坂だけやない。いっそ江戸に出てみよか。いっぺん行ってみたかったのや。人気役者も今は江戸に集まってるし、吉原ゆうところでも遊んでみたい……）

伊太郎は、いつもの能天気さを取り戻した。

（お父っつぁんの回状も江戸までは届いてないやろ。東海道の宿々にうちの店の得意先があるはずや。そういうところに泊めてもらいながら、江戸まで陽気浮気のひとり旅と洒落込もか。どうしても泊めてくれんところがあれば、木賃宿でも野宿でもしたらええがな。そやそや、そうと決まれば……）

伊太郎は友だち仲間を回って、半ば脅すようにしてまとまった旅費をぶったくり、江戸へと旅立った。金がなくなったら三味線で門付け（ひとの家の玄関で芸を披露し、祝儀をもらうこと）もした。なかなかたいへんではあったが、芸人なら関所も手形なしで通れるし、田舎で三味線を弾いてちょいと歌でも歌えば思わぬ余禄があり、酒食にはことかかない。結局、一度も野宿することもなく、江戸にたどりついた。

しかし、とうとう金が尽きて途方にくれていたところ、たまたま通った日本橋のたもとで知り合いに出くわしたのである。それは「馬喰町の伴次」という岡っ引きだった。

伴次は江戸の生まれだが、若いころ両親を亡くし、つてをたどって上方の商家に手代として勤めていた。ある節季に集金した百両の金を落としてしまい、死のうと思って橋のうえに立っていたとき、たまたま通りがかった菱松屋寅右衛門が声をかけた。事情を聞いた寅右衛門はその場でぽんと百両の金を渡したばかりか、うちで働かないかと言ったのである。

それから伴次は菱松屋に三年ほど勤めていたが、伊太郎が有馬に湯治に行くのに世話役として同行したとき、うっかり古釘を踏みぬいたのがもとで破傷風になり、高熱に苦しんでいるのを、まだ少年だった伊太郎が、

「しゃあないなあ……」

と言いながらつきっきりで看病した。医者も、

「命の保証はできかねる」

と見放したのがなんとか回復したのは伊太郎のおかげともいえるのだ。そのあと、江戸で岡っ引きをしていた親類が高齢で引退することになり、

「自分の縄張りを全部譲るから跡を継がないか」

という話が来たので、江戸に戻ることになったのである。つまり伴次は、寅右衛門にも伊太郎にも頭が上がらないのだ。それに付け込んだ伊太郎は、晴れて居候の身になり、伴次の家の二階で日々ごろごろして……。

「痛っ……！」

痛みを感じて伊太郎は目を開けた。棚からダルマのおもちゃが落ちて、頭に当たったのだ。あたりを見回す。いつもの二階の一間である。

（なんや、夢やったんか。それにしても妙にはっきりした夢やった）
伊太郎は大きく伸びをすると、
（なんぞもっとわくわくするような事件はないもんかいなあ……）
そんなことを考えていた。

上野寛永寺は寛永二年、天海僧正によって創建された江戸屈指の大寺院である。境内には本堂や五重塔のほか、清水観音堂、弁天堂、大仏殿……といった数々の堂宇が建立されており、連日大勢の善男善女が参詣に訪れる。また、一方では景勝の地としても知られ、遊山の客もひっきりなしにやってくる。春の花見が名高いが、冬の雪見、夏の納涼、秋の月見など四季それぞれ人気があった。

参詣のついでに遊んで帰ろうとか、遊興のついでにお参りもしよう、とかいう行楽と信心を兼ねた連中を当て込んで、不忍池付近には出会い茶屋が軒を連ね、南にある下谷広小路（火災除けのための空き地）には茶店や料理屋、寄席、見世物小屋、菓子や酒を売る屋台店、物売りの露店などが声を張り上げて客を集めていた。

そんな広小路の一角にひっそりとたたずむ一軒の町屋があった。二軒間口の立派なこしらえではあるが、表には「神鏡並文書占ひ　大森慈鎮斎」という小さな看板が申し訳程度に掲げられているだけだった。

　その奥の間には木の机が置かれ、そのうえに大きな南蛮製の鏡と一冊の分厚い本が載せられていた。机のまえにはひとりの総髪の男が長い数珠を二重に手にかけてなにやら祈っている。修験者のように音吐朗々呪文を唱え揚げるのではなく、口のなかでぶつぶつとつぶやいているだけだが、もう十一月だというのに額にはふつふつと汗の玉が浮き出していた。歳は三十をひとつ、ふたつ出たところか。きりりとした眉や切れ長の目、高い鼻梁などは異国人とまがう相貌である。彼のすぐ後ろには商人らしき中年男が座し、目を閉じ、両手を合わせている。

「鏡よ鏡よ鏡さま、真実に会わせてくだされ。そうっと会わせてくだされ……」

　その言葉とともに祈禱が終わったとみえ、総髪の男は全身に込めていた力を抜いて振り返るとにっこり笑い、

「終わりました。どうぞ、『未来宝典』を開きあそばせ」

　そう言うと机のうえの本を商人らしき男に手渡した。その表紙には「慈鎮斎記す未来宝典」という書名が記されていた。男はうやうやしく本を捧げて一礼すると、おもむろにその一カ所を開いた。そこには十ほどの短い文章が書かれていたが、その右端

のものは「上がる上がるいかのぼり」となっていた。

「おお……これは……！」

商人は顔を輝かせた。総髪の男は、

「米の値はもうしばらく上がり続けるようです。棄捐令もしばらく出ることはないでしょう」

「うっははは……」

商人らしき男はつい高笑いをしたが、さすがにはしたないと思ったのか手を口に当てた。

「それはそれは……ならば、まだまだ買い占めても大丈夫ですな。これでまたもうかります。先生にはなんとお礼を言ってよいやら……」

「沼田屋さん、当たるも八卦当たらぬも八卦と申します。私の占いは神鏡と文書を用いた独自のもので八卦とは異なりますが、占いというものは外れることもある」

「これまで大森先生に占っていただいて外れたことは一度もございません。手前どもとしては全幅の信頼を寄せております。――これはいつも通りのお礼です」

商人は紙に包んだものをそっと差し出した。かなりの大金のようである。大森と呼ばれた男は「では、遠慮なく……」と言いながらそれをふところに入れると、

「沼田屋さん、釈迦に説法かもしれませんが、相場というのは上がれば下がり、下がれば上がるもの。米の値もいつまでも上がり続けることはありえません。適当なところで手を引かねば、公儀は棄捐令を出さざるをえなくなり、高潰れになりますぞ」

棄捐令というのは、旗本、御家人に対して金を貸し付けている側に一切の債権を放棄せよ、という頭ごなしの命令である。この「伝家の宝刀」を抜かれると、何万両という貸し付けがすべて棒引きにされてしまうのだ。

「私も親代々の米商い。そのあたりはよう承知しとります。ただ、商人というのは一文でも多く利を得たいと思うもの。だからこそ、そのぎりぎりの引き際というやつを先生にお教えいただいておるわけで……」

「私が心配しているのは棄捐令ではなく打ちこわしです。米の値を吊り上げると窮乏したものたちはなにをしでかすかしれません」

「ははは……そのあたりは手当てをしております。用心棒の数を三倍に増やしました。何十人、何百人押しかけてこようと返り討ちにしてやりますわい」

沼田屋は、何度も礼をすると、

「また参ります」

と言って帰っていった。入れ替わるように紺手拭いで頬かむりをしたひとりの男が入ってきた。右目の下にある刀傷が顔立ちに凄惨さを加えている。大森慈鎮斎はふところから今受け取ったばかりの金を出し、その男に無造作に放った。受け取った男は紙包みを開け、

「ひい、ふう、みい……と、へい、たしかに十両ありまさあ」

「丈太郎、いつもの金庫に入れておけ」

「合点。――これで八百両か。目標の千両まであとちいっとばかり届かねえ。けど、もう間もなくでござんすねえ」

丈太郎は慈鎮斎が雇っている通いの下男だが、いわゆる小悪党で叩けばいくらでも埃が出る。暗い世界にも精通し、慈鎮斎がひと言言えばすぐに飲み込んで動いてくれる重宝な男だった。

「ちいっとばかり、といってもまだ二百両足らぬ。それに、揚屋だの置屋だの、あちこちへの祝儀が、身代金と借銭以外にかなりかかるのだ。まだまだ搾り取らねばならぬぞ。客には悪いが、富士見太夫のためだ。今朝、扇兵衛に千両の内金を七百両渡したゆえ、よそに身請けされることはないから、それは安心だが……」

慈鎮斎はそう言って、団扇屋から受け取った内入れ証文を小箪笥の引き出しにしまった。扇兵衛というのは吉原の妓楼団扇屋の主で、大勢の遊女を抱えている。身請け

には千両必要だが、その内入れとして七百両先渡ししておき、ほかの客に落籍されないようにした、というわけである。

「舌先三寸で客をだまして稼ぐのは、女郎か占い師ぐらいのものだ。死んだら閻魔さまに舌を抜かれること請け合いの商売だな」

「先生は、嘘はついてねえ。客が勝手に勘違いしてるだけさ」

米相場はもうしばらくは上がるだろう、というのは、各地の米の出来を細かく問い合わせてのこと。公儀が棄捐令をしばらく出さないだろう、というのも、旗本、御家人たちの札差からの借銭の総額が前回に出したときの水準にまで達していないからの推測だった。

まず最初に鏡（もともとは一分で買った質流れ品である）に向かって祈禱をすることでもっともらしさを演出したうえで、「未来宝典」を開かせる。「未来宝典」は慈鎮斎が適当に思いついた短文を箇条書きにしたものだ。客はみずから本をめくって、そこに書かれている文章を見徳（予兆）にしている……つもりが、じつは慈鎮斎に誘導されているのだ。まえもってその頁の裏にごく薄く削った小さな木片を貼り付けておき、そこで指が引っかかって止まるように仕組んである。よしんばほかの箇所を開いたとしても、書かれている多くの文章のどれかひとつにむりやりこじつけて、それを占いの結果とすればよい。

たとえば「梅にうぐいす」と書かれていたら、

「うぐいすは空を飛ぶもの。つまり、上がるという意味です」

と言い、また、

「梅はこぼれるように散る。つまり、下がるという意味です」

どちらにでもこじつけられる。そこは慈鎮斎の話術がものを言った。まず最初に鏡に向かって祈禱をすることで「未来宝典」のもっともらしさが強調されるのだ。

「ふふふ……そういうことだ。だが、私はこれでも幸運堂愚鈍先生について鏡と文書を使った占いの本式の修業もした。といっても、半年ほどだが……」

慈鎮斎ははじめから「ひとをたぶらかすため」に占いの形式が知りたいだけだったので、それを教わったらすぐにやめたのだ。

「つぎはだれだね？」

「大西屋の隠居です」

慈鎮斎は吐き捨てるように、

「あの色惚けジジイか。通してくれ」

そう言いながら、木片を「未来宝典」のべつの箇所に移した。

「へえ」

すぐに、残り少ない白髪を掻き集めるようにして髷を結った老人が入ってきた。彼は今まで隣の小さな待合室におり、呼ばれるまでそこを出ることはできなかった。客同士が顔を合わせないための工夫である。

「先生、今日もよろしくお願いいたします」

老人が頭を下げるや否や、

「ご隠居殿、昨夜はお楽しみだったのではありませぬかな」

老人はハッとして、

「なぜ、それを……」

「この神鏡にはっきり出ております。で、首尾のほどは……？」

老人が今日来ることがわかっていたので、昨夜の動向を丈太郎に調べさせておいたのだ。吉原の一鶴屋（いっかくや）に登楼し、贔屓の太夫薄雲（うすぐも）を呼んだものの、手ひどい肘鉄を食らわされ、すごすごと帰宅したはずである。

「それがその……色よい返事はもらえませなんだ」

「でしょうな。それもちゃんとここに出ている。ですが、最初にうちに来られたときに、ご隠居殿の恋は成就せぬ、とはっきり申したはずです」

「それは重々承知。なれど、薄雲のことは諦めきれません。先生は、壺（つぼ）を買えばもしかしたら占いの結果を変えられるかもしれぬとおっしゃいました。私はその言葉におすがりして、もうすでに壺を三つも買わせていただいております」

　壺は手のひらで覆えるほどの小さなものだが、その値は客によって変わる。この老人にはひとつ十五両ということにしてある。

「残念ながら今のところ良き兆しはございませんが、ご隠居殿がこれからも諦めることなく薄雲に誠を尽くすならば事態が好転するかもしれませぬ。真心というものはひとを動かすことがございます」

「おお……ならば……」

「ただし、それには当方の壺を買っていただくことが条件となります。うちの壺は、持つものの願いを増幅し、相手に届ける働きをいたしますから……。ただし、新しい壺を手に入れたら、まえの壺は叩き割るようにしてください。つねに最新の『気』が満ちた壺をお持ちいただく必要があるのです」

「わかっております」

　じつのところ、壺はひとつ八十文ほどの値打ちしかない。廃業した陶工から二束三文で大量に買い付けたものだ。

「それでは占ってみましょう」

「どうぞ良い卦が出ますように……」

慈鎮斎は鏡の位置を慎重に直したあと、小声で祈りはじめた。鉢は蠟燭の炎を映して赤や黄色、青などに輝いている。適当なところで切り上げ、老人に向き直ると、

「どうぞ、本を開いてください」

そこには「雲の絶え間より光差す」とあった。

「やや好転、といったところでしょうか。雲は薄雲に通じます。そこから光が差す、というのですから、ご隠居殿の誠意が少しは伝わったものとみえます」

「ああ、ありがたい！」

「しかし、まだまだです。少しでも手を緩めると女子(おなご)の気持ちはたちまち離れてしまうでしょう。それには満願まであと七つ……壺を買い続けることです。少しお高うございますが私の言を信用いただいて……」

「もちろんです。先生だけが頼りです」

老人は金をその場に出した。

「いつもすみませんな」

老人は喜色満面で、

「今夜も登楼(あが)るとしよう。では、これで失礼いたします」

そう言って帰っていった。丈太郎が顔を出して、

「いいんですかい、あんなこと言って……。あっしが吉原雀に聞き込んだところじゃあ、まるで脈はねえそうですぜ」

「そりゃそうだろうが、たまには喜ばしてやらぬとあとが続かぬ」

大森慈鎮斎は十五両の金を丈太郎に渡すと、

「つぎはだれだ」

「河津屋(かわづや)のお内儀(ないぎ)おあきです。今日が十回目……満願ですぜ」

河津屋は横山町にある大きな呉服屋である。

「あの女、これで百両みついでくれたことになる。どこの男に惚れてるのかしらぬが、ずいぶんと儲けさせてもらったものだ」

「願(がん)が叶(かな)わねえってゴネませんかね」

「知るものか。当たるも八卦、当たらぬも八卦、ということはいつも言ってある。嫌なら辞めればいいのに、向こうから『金を出すから占ってほしい』と頼んでくるのだ。こちらは毛ほども悪くない」

「それにしてもあの女、店の金を百両も持ち出して……よく旦那にバレませんねえ」

「バレたらたいへんだぞ。どこかよその男に自分を好きになってもらうための願掛けだからな」

「ですが、肝心のその惚れた相手がどこのだれなんだか……占いのネタ探しにときどきあの女の素行を調べてみるんですが、どうも男の影が見当たらねえんです。家からはほとんど出ねえし、ここへ来るのも店にゃあ寛永寺への月参りてえことになってるらしい」

実家の菩提寺は寛永寺近隣の某寺で、ここへの月参りのとき、隣接する寛永寺にも足を運ぶのだという。大店の内儀の外出時にはかならず丁稚がお供につくものだが、寛永寺の門をくぐったあと、境内の茶店に丁稚を残し、自分はひとりでお参りをする、と言って一旦本堂に向かうものの、裏から抜けて、その足で慈鎮斎のところに来ているのだそうだ。丁稚には、待っているあいだ団子や饅頭、大福、甘酒、握り飯などいくら飲み食いしてもよいから茶店から離れるな、と命じてあるらしい。

「先生もよほど見込まれたもんだねえ。馬鹿馬鹿しいったらねえや。先生の天眼通のからくりは全部あっしが事前に調べてるからだってえのに……」

丈太郎は慈鎮斎の手足となって、客を信用させるための情報をいろいろ仕入れる役目を果たしているのだ。

「家から出ないのなら、相手は番頭や手代ではないかな？」

「店のものならなにも大金を払って先生の神通力を借りなくてもようがしょう。私の想いを叶えてくれねえなら暇を出すぞって脅かしゃあいい」

「それはそうだ。すると、寛永寺の坊主かもしれん。近頃の坊主は生臭が多いゆえな」

「へへへ……ちげえねえ。——で、満願の占い、どうするんです？」

「相手の男には脈がある、この恋はうまくいきそうだ……とさんざん喜ばせておいてここまで引っ張ってきたのだ。きっと成就する、と言ってやらねばおさまりがつくまい」

「成就しなかったらどうするんです？　怒鳴り込んでくるかもしれませんぜ」

「そんなことは私が知ったことか。客が怒るのを恐れていてはイカサマ占い師は務まらぬ」

丈太郎はにやにや笑いながら出ていった。慈鎮斎は「未来宝典」の木片を移動させた。

「先生……お邪魔いたします」

黒い御高祖頭巾をかぶった女が入ってきた。河津屋の内儀あきである。歳はまだ二十五歳だと聞いている。河津屋の主三左衛門は五十歳だからずいぶんと歳の差があるが、あきは後添えなのだ。

「ほほう……今日は一段とお美しい……」

慈鎮斎は感嘆した。大店の内儀らしい紺の無地の小袖だが、煙管の図柄を金糸で裾模様にしている。襟からは真っ赤な下着が見えており、艶やかである。はらりと頭巾を脱ぐと、べっ甲の大きなかんざしを差していた。あきは顔を赤らめ、

「大事な満願の日でございますから、少しお洒落をしてまいりました」

「いえいえ、装いのことではございませぬ。美しいと申し上げたのはご器量のことでございます」

大袈裟なお世辞を言うと、あきは下を向いてしまった。

「おお、満願の日ゆえさぞかし気も急いておいででしょう。では、早速占ってしんぜましょう」

「は、はい……」

あきは真剣そのものの表情でうなずいた。慈鎮斎は鏡に向かって両手をかざし、念を凝らした。一応、それらしい呪文をつぶやきながらしばらく祈ったあと、

「鏡よ鏡よ鏡さま、真実に会わせてくだされ。そうっと会わせてくだされ……」

そして、「未来宝典」を渡すと、

「どうぞ……本をお開きください」

あきは緊張しながらも思い切ってがさっと本をめくった。そこは慈鎮斎が開かせようと思っていた箇所ではなかった。彼は「この恋の向かうに幸福あらん」と書かれたところを開かせたかったのだが、あきが開いたところには、

井のなかのかはづ大海を知る

という言葉と、その横に、

赤い糸あり。思ふ相手と現世にて必ず結ばれる

という言葉があった。その文章を指差すあきの手が震えている。

「せ、先生……これ……おおお……」

慈鎮斎は、

「おめでとうございます。お内儀の恋愛は大願成就間違いなしですな。『井のなかの

かはづ』というのは河津屋のお内儀、あなたのこと。『大海を知る』というのは大願が叶う、ということ。そして、なによりも『思ふ相手と現世にて結ばれる』とあるのですから間違いありますまい」

「うれしいっ」

あきは両眼から涙をこぼし、その場に座り込んでしまった。

「でも……このこと……信じてもよいのでしょうか」

「神仏の決めたこと、疑うことは許されません」

あきは両手を合わせて慈鎮斎を拝んだ。

「ははは……私を拝んでも仕方がない。では、満願の壺をお受け取りください。値はいつも通り十両です」

あきはもじもじとしてしばらく黙っていたが、

「じつはその……今日は持ち合わせがないのです」

「なんですと？」

「出がけに夫の手文庫からお金を持ち出そうとしたら、今日にかぎってなぜか小銭しか入っておりませんでした。こちらのお約束の時間が来るので、仕方なく空手で出てまいりました。今度、かならずお支払いしますので、この壺、持ち帰らせてくださいませ」

慈鎮斎は顔をしかめた。タダ働きはごめんである。

「お内儀、満願の日のうちに壺の代を払わぬと、せっかくの占いの効能が消えてしまいます。本日中にお払い願いたい」

厳しい口調で言うとあきは蒼白になり、

「わかりました。すぐにお金を取ってまいります……」

「よろしく頼みましたぞ」

あわてて丁稚を待たせている寛永寺に向かう河津屋の内儀の後ろ姿を見送りながら、慈鎮斎はあきとはじめて会ったのが寛永寺の境内だったことを思い出していた。

## 2

その日、慈鎮斎は家からほど近い寛永寺に参詣した。もちろん信心の気持ちからではなくカモを物色するためである。善男善女でにぎわう境内をぶらぶらしていると、ひとりの八卦見が店を出していた。頭巾をかぶり、天神髭を生やし、易経の本をかたわらに置いて、筮竹(ぜいちく)と算木(さんぎ)をいじっている。何度かここで見かけた男だ。そこにひとりの女が立った。

「あの……もうし……」

「占いか。見てやろう。まずは、おまえさまの名前と生まれ年、生まれ月、生まれた日をここに書きなされ」

女は言われた通りにした。どこかの大家の若新造らしく、その身ごしらえは地味ではあるが相当金がかかっていた。寺参りということで黒の小袖に紺の博多帯を締めているが、印籠は金蒔絵が施されている。慈鎮斎は、

（カモだ……！）

と直感した。彼がじっと見ているとも知らず、易者は筮竹を握ると、

「乾元亨利貞、乾元亨利貞……」

とおなじみの文句を口にしている。

「出でましたる卦名によると……おまえさまは近頃なにかを失くされたのではないか」

「いえ……なにも失くしてはおりません」

「さようか……。えーと、おまえさまには子どもがおるな。その子どものことで悩んでおいでじゃ」

「いえ……私には子どもはおりません」

「あ、さようで……。子どもがおらぬということは、養子を迎えねばならぬ。どこからその養子を迎えるかでお悩みじゃな」

「ちがいます。そういうことではございません。私が進むべき道を教えていただきたいのです」

「これからどうすればよいか……。ふむ……難しい」

易者は算木を手にして、

「本卦から変爻(へんこう)を見まするとう……うーむ、これではわからぬ。手相を見よう。左手をお出しなされ」

女が言われたとおりにすると、易者はその白い手を何度も撫でさすり、

「ほほほ、もちもちと柔らかい手でございますな」

女は気味悪そうに手を引っ込めようとしたが易者は握って離さず、

「おまえさまの進むべき道は未申(ひつじさる)の方角と出た」

「進むべき道と申したのはそういう意味ではありません。私がこれからどうすればよいのかをお教えいただきたかったのですが……」

「さよう。今からまっすぐ未申(南西)の方角に進めば、おまえさまの運も開けまし

ょう。拙者も同道いたしてもよいが、いかがかな?」

易者はニタリと笑った。寛永寺から南西の方角には不忍池があり、その周囲には出会い茶屋が立ち並んでいるのだ。

「そのような心持ちはありませぬ。お放しください」

「なにやら気鬱のご様子。拙者がその憂い晴らして進ぜましょう」

頃合いはよしと慈鎮斎は声をかけた。

「そこのお内儀、この易者は信用しない方がよろしいですよ」

易者は憤然として立ち上がり、

「なにを申す。拙者の占いはよく当たるので評判だ」

「はははは……さっきから聞いていたがなにも当たっていなかったぞ。お内儀、こんなやつに占ってもらっても碌(ろく)なことになりません」

「こんなやつとはなんだ! 貴様、拙者に喧嘩を売る気か」

「喧嘩をするつもりはない。私も占い師だ。占いで勝負しよう」

「同業か。それならなおさら許せぬ。ここは拙者の縄張りだ。勝手なことをさせるわけにはいかぬ」

占い師は慈鎮斎に殴りかかった。慈鎮斎はその腕を摑むと、逆さまにねじり上げた。

「痛い痛い痛い……あぎゃあああ……」

「あんたは浅草の裏長屋に住んでいる。子どもは四人だ。もと浪人で、朝から寺子屋の師匠をし、昼過ぎからこうして寛永寺で売卜（ばいぼく）をしている……」

「な、な、なぜわかる」

「言っただろう、私も占い師だと。今、あんたの人相を見たのだ。子どもが四人もいるくせに、淫らがましいふるまいはせぬことだ」

「ううう……」

もちろんからくりがある。慈鎮斎はこの易者の顔を覚えていたが、以前、吉原の団扇屋に向かう途中、浅草寺の裏手で彼を見かけ、いつかなにかに使えるかと住まいと家族を確かめておいたのだ。浪人だというのは指の竹刀だこでわかったし、寺子屋の師匠をしているというのは、腕についていた墨でそうと察した。

「つぎはそちらの番だ。私がなにものか当ててみなさい」

「むむ……参った」

「ははははは。じゃあ私の勝ちだな。見料はいくらだ？　三十文か。ここに置くぞ。

——さあ、参りましょう」

女は驚いて、

「どこへ……？」

「私があなたを占ってさしあげましょう。ただし、こんなイカサマ占いとはちがう。かならず当たります」

「丁稚をひとり、茶店に待たせてあるのです」

「すぐ近くです。お手間は取らせません」

そう言って慈鎮斎は先に立って歩き出した。この強引さが駆け引きのコツなのだ。女はついてきた。

「私は、大森慈鎮斎と申します。未来を見通す力があります。もし、占いが外れたら見料はいただきません」

「その……今の見料もお立て替えいただいております。あとでお支払いいたしますので……」

「そんなものはいらない。私は、ひとがでたらめな易者にだまされているのが我慢ならない……それだけです」

ふたりは広小路にある慈鎮斎の家に着いた。

「どうぞお入りください」

たいそう立派な構えに女が少しためらっていると、なかから丈太郎が現れ、

「先生、お早いお帰りで……」

「うむ。お客さまを連れてきた。今から占うから支度をしてくれ」

そして、その耳もとでなにやらつぶやいた。

「かしこまりました。──お客さま、こちらへおこしなさいませ」

丈太郎の案内で女は家に入った。ふたりは机を挟んで対峙した。女が、

「あの……私は……」

言いかけたのを慈鎮斎は手で制し、

「私の見たところでは、あなたはどこか大きなお店のご新造でございましょう。もしかしたらそのお店は、名前に河の字がつきませぬか」

「つきます！　私は横山町の呉服問屋河津屋のあきと申します」

「でしょうとも。あなたの人相を拝見していると、水に縁があると感じられるので、そうではないか、と思ったまでです」

さっき易者の机のうえにあった紙をちらと見たとき、生年月日とともに「横山町呉服商河津屋あき」と書かれていたのを覚えていたのだ。

「あなたはおとなしく、地味で内気な性格ですが、その奥には強い気持ちを秘めておいでですね」

「そ、そのとおりです」

なんのことはない。地味な着物と豪奢な印籠の対比を見て言ったまでだが、当たってしまった。しかし、女性の半数には当てはまるので、当たる確率は高い。慈鎮斎は畳みかけるように、

「あなたはなにか悩みごとを抱えておいでですね」

あきは胸を突かれたような顔つきになった。悩みごとがあるのは、易者との会話で明らかである。

「はい……」

「それはおそらく……」

慈鎮斎はあきの顔をじっと見つめ、

「ご主人とのあいだが……」

そこで言葉を区切った。あきが図星を突かれたような、悲し気な表情になったので、

「うまくいっていない、とか……」

あきはうなずいた。これは、「だれにでも当てはまるようなこと」をとりあえず言ってみて、相手の反応を見ながら話を進めていく手法だ。もし、「ご主人とのあいだが……」と言って顔つきに変化がなければ、「うまくいっておられるようですね」と

かわしてしまえばよい。

「あなたは今の結婚生活には満足しておられない。そうではありませんか?」

「は、はい……。お恥ずかしいことですが……」

「やはりそうでしたか」

「あの……私はどうすればよろしいのでしょう」

「その悩みというのを詳しく話してみてください。なにかお力になれることがあるかもしれません。もちろん、私にはなにもできぬと思ったら正直にそう申します」

あきはしばらく逡巡していたが、やがて、ぽつりぽつりと打ち明け始めた。

あきの両親は日本橋で「向江屋」という大きな呉服商を営んでいた。扱っている品の傾向は河津屋と似ていたが、規模は河津屋の倍ほどもあり、清廉な商いのやり方が江戸っ子に気に入られて、店は繁昌していた。一方の河津屋は、小ずるい手口の商いをするので、評判はすこぶる悪かった。

ひとり娘だったあきは蝶よ花よと大事に育てられ、両親はいずれどこかの大店から婿養子を取るつもりにしていたらしい。

しかし、とんでもないことが起きた。大奥で絶大な権をふるう高垣という御年寄が、公方さまご生母が新しい着物をご所望なので、よき反物を見せてくりゃれ、とわざわざ向江屋を訪れた。あれこれ検分したあと、そのうちの数種類をお買い上げ、ということで高垣はご帰城になったのだが、帰りの駕籠のなかにどういうわけか大きなムカデがおり、高垣を刺した。

駕籠は江戸城から本人が乗ってきたものだし、担ぎ手も大奥所属の駕籠かきたちなので、おそらくムカデは最初から駕籠に潜んでいたと思われ、向江屋に落ち度はないのだが、これがどういうわけか「向江屋で買った反物にムカデがついていて、御年寄を刺した」という話に変じた。瓦版が面白おかしく書き立て、「一歩間違えば公方さまのお母さまがムカデに刺されていたかも」とか「向江屋じゃなくてムカデ屋だな。あの店の反物にはムカデがいるぞ」「向江屋はムカデに反物を仕立てさせている」とかいった噂が江戸中に広まった。向江屋はもちろんのこと、高垣たちも躍起になって否定して回ったが、噂はなかなか消えなかった。顧客たちも離れていき、奉公人たちもほとんどが辞めた。向江屋は衰微の一途をたどり、みるみるうちに多額の借金ができた。

「娘さんを私の後妻にくれるなら、借金を肩代わりしてやってもいい」

という申し出が河津屋三左衛門からあったのはそんなときだった。向江屋の没落によって、河津屋は大いに売り上げを伸ばし、今や立場は逆転していた。あきの両親は泣く泣くあきを河津屋に嫁入りさせた。三左衛門はあきより二十五歳も年上だったが、かつての競争相手の娘を妻にして、征服欲を満たしたかったのだろうと思われた。

前妻とのあいだに生まれた子が皆早逝した三左衛門は、あきに跡取りを生むことを期待したが、何年経っても子どもは授からなかった。次第に三左衛門はあきを疎んじるようになった。夫婦間の愛情などははじめからなかったが、それが露骨になっていった。どうやらよそに囲い者をしている様子で、そちらにはふんだんに金を使っているようだ。

あきは家から出ることは許されなかった。芝居見物や習いごと、遊山、和歌の会なども禁止されている。番頭、手代、女中たちも皆あきをよそ者扱いする。向江屋の両親も相次いでこの世を去り、あきは天涯孤独となった。唯一許されているのが菩提寺への月に一度の寺参りで、そのときは丁稚をひとり連れていくが、寛永寺の茶店で待たせておき、しばらくの自由を享受する……。

「なるほど、今がそのときなのですね」

「はい……でも、もうしばらくしたら戻らねばなりません。私はこのままだれひとり心を許せるもののいない店のなかで歳を取っていくのでしょうか。私の将来になにか光はないのでしょうか。それを知りたくて先ほどはあの占い師につい声をかけてしまいました……」

「ならば、私に占わせてもらいたい。おそらくはあなたの『将来の光』について助言できるはず。まずは私を信用していただかねばなりませぬ」

あきはためらっていたが、

「お願いします……」

（かかった……）

内心ほくそえんだ慈鎮斎は、手を叩いて丈太郎を呼び、「未来宝典」を持ってこさせた。そして、鏡に向かって型どおりの唱えごとをしたあと、「未来宝典」をあきに手渡し、

「すでに気は満ちております。どこでもよいからこの本を開いてみてください」

あきはまだ半信半疑の様子だったが、ある個所を開いた。そこには、

本日ただ今より行く末に光明差すが、その彼方に暗き雲あり

とあった。もちろんさっき丈太郎に指図して、その頁の裏に木片を貼り付けておいたのだ。慈鎮斎はうなずき、

「あなたはだれかに恋心を抱いているのではありませぬか?」

あきはハッとしたようだったが、唇を引き結んでなにも言わなかった。しかし、その顔つきが言葉よりも雄弁に語っていた。

「あなたはご主人のことを愛しておられない。胸のなかではほかのだれかを想うておいでだ。この文章によると、その相手との恋の行方に光明が差す、とあります」

「ま、まことでしょうか……」

「『未来宝典』は嘘をつきませぬ。——ただ、『その彼方に暗き雲あり』とのこと。あなたの恋が成就するにはまだまだ乗り越えねばならぬ壁があるようです」

「では、どうすれば……」

「あなたが本当に自分の願いを叶えたいならば、方法があります。それは壺を買うことです」

「壺……」

「私の霊力をなみなみと注ぎ込み、封をしてあります。霊験あらたかなこの壺を手もとに置くことであなたの運気が上がり、自分の未来を良き方向に変えることができるのです」

「ひとつ買えばよいのですか」

「いえ……毎月ひとつずつお買いください。新しい壺を買うごとに古い壺は割ってください。そうすることでいつも最新の『気』が満ちた壺をお持ちいただけるのです。十個で満願になりますが、そのときあなたの願いはかならず叶うでしょう」

「壺はおいくらですか」

「ひとつ十両です」

「十両……！」

あきは悲し気にかぶりを振り、

「今の私には自由になるお金がほとんどありません」

「そうですか。それは残念ですね。でも、あれだけのご大家のご寮人なのですから、なにかしらお金を工面する術がありそうなものですが……。まあ、無理にとは申しません」

あきはかなりためらっていたが、

「それではこれで失礼いたします。あの……またこちらにうかがってもよろしいでしょうか」

「もちろんです。気が変わったらいつでもいらっしゃい。今日の見料はけっこうです。お気をつけて……」

礼を言って出ていこうとしたあきに慈鎮斎は、

「あ、そうそう。言い忘れておりましたが、鏡に水難の相が出ております。少なくとも今日のあいだは川や海、井戸などには近づかぬ方が無難でしょう」

「重ね重ねありがとうございます。――それでは……」

あきは後ろ髪を引かれるような顔つきで帰っていった。慈鎮斎は、

「まだ、半信半疑だな。――丈太郎」

「へい」

丈太郎はうなずき、頬かむりをすると、慈鎮斎の脇をすり抜け、そっと出ていった。

あきがふたたび慈鎮斎のところを訪れたのはまだ四半刻（三十分）も経たぬ時分であった。あきは明らかに興奮しており、胸もとをはだけていた。

「どうかなさいましたか」

慈鎮斎がしれっと言うと、

「つい今しがた……私が茶店に参りまして、丁稚と店に帰ろうとしたとき、打ち水をしていたその茶店の下女が私に水をかけたのです。ほれ、このように……」

あきの着物は夕立にでもあったように濡れていた。

「これはひどい。その下女をさぞお叱りになられたでしょう」

「いえ……そんなことより先生の占いが当たったことに驚き、あわてて戻ってまいりました。先生のことを疑っていたことを恥に思います。どうぞお許しください」

「私の言を信じていただけたのはこのうえならぬ喜びです」

「では……では、次回、かならず十両を持参いたしますゆえ、よろしくお願いいたします」

「満願まで百両かかりますが、よろしいですね」

「はい……今の暮らしから抜け出せるのであれば、なんとしてでも工面いたします」

あきは顔を上気させて帰っていった。

「釣れましたね」

すぐに丈太郎が入ってきた。彼は、先回りして寛永寺の茶店に行き、下女に小遣いを渡して、「あの女に水をかけてくれ」と指示したのだ。下女は「叱られやしませんかね」と心配したが、結局は思い切りぶちまけた。丈太郎が渡したのはかなりの大金だったのだ。慈鎮斎はにやりとして、

「釣り師の腕がよいからな」

◇

やっと満願にまでこぎつけた。まもなくあきは十両を手にして戻ってくるだろう。

(せっかくの大口の金づるだ。これで終わりというのは惜しい。まだまだ搾り取ってやろう……)

慈鎮斎はそう思っていた。しかし、あきはなかなか帰ってこない。やがて夕刻になった。

(今日中に壺の代を払わぬと占いの結果が消えてしまう、と念を押したのに……どうなっているのだ)

次第に苛立ちはじめた慈鎮斎が、丈太郎に「河津屋の様子を見にいけ」と言いかけたとき、

「先生……先生!」

という悲鳴のような声がした。見ると、あきがこちらに向かって走ってくる。髪はほつれ、帯もゆるみ、雪駄(せった)も片方が脱げて裸足(はだし)である。

「どうなさいました……」

「先生……お助けください!」

あきは慈鎮斎の腕のなかに飛び込んだ。ぷん……と白粉の匂いと汗の匂いがした。

慈鎮斎はあわててあきを家に連れ込んだ。

「なにがあったのです」

あきは無言で十両の金を差し出した。慈鎮斎は、

「これは満願の代金ですね」

「はい……」

かろうじてそれだけ言うと、あきはその場に崩れ落ちた。

「これであなたの願いは叶いますぞ」

「うれしい……」

あきは慈鎮斎をじっと見つめ、

「私の恋、叶うとのこと。どうか先生、叶えてくださいませ」

「どういうことです」

「私の恋しい相手は……先生、あなたでございます」

「えっ……」

「寛永寺の境内で悪い占い師から私を救うてくださったときから、私の心は先生のとりこになりました。あれ以来、寝ても覚めても先生のことが忘れられず、胸のうちの熱い想いを隠しながらも月に一度の逢瀬(おうせ)を楽しみにしておりましたが、ようやくこぎつけた満願の日。『思ふ相手と現世にて必ず結ばれる』との占いに、大願成就間違い

なしと先生ご自身のお口からもお聞きして、やれうれしやと……」

「ちょ、ちょ、ちょっと待ってください。あなたの恋の相手は私なのですか?」

「はい。来るたびに少しずつ占いの結果がよくなっていくので、きっと先生も私のことを憎からず思ってくださっていると思うておりました」

そう言いながらあきは慈鎮斎の胸に抱きついた。そのとき慈鎮斎は、あきの着物に赤いものがついていることに気づいた。

(血だ……!)

不審げに眉をひそめ、

「お内儀、どこかお怪我でもなさいましたか?」

あきはかぶりを振ったあと、

「先生、私を連れて逃げてくださいませ」

「はあ?」

「今日中に十両なければ願が失われると聞き、あわてて店に戻って、夫の手文庫を開けても一文も入っておりません。押し入れのなかにある小簞笥の引き出しを探しておりますと、封をした小さな帳面が床に落ちて、ある個所が開いたのです……」

そこには三左衛門の筆跡で、『憎き向江屋をいかに潰すかの策』『ムカデに刺されたことにする』『瓦版屋に噂を広めさせる』『公方さまご生母にまで危害が及ぶと責める』……などという文章が走り書きされていた。あまりのことにあきがその帳面を持って震えていると、急に三左衛門が部屋に入ってきた。

「長いあいだおかしいおかしいと思うていたのだ。店のもののなかに手癖の悪いやつがいるのかと思っていたが、おまえの仕業だったとはな……。飼い犬に手を嚙まれるとはこのことだ。雌犬め、どうせ歌舞伎役者とでも浮気しているのだろう。離縁したうえでお役人に突き出してやる。十両盗めば首が飛ぶのがご定法。百両なら磔にでもなることだろう」

あきは帳面を突き出し、

「こ、これはいったい……」

「ほう、見つけたか。ははは……そういうことだ。向江屋を潰したのはこの私だ。目のうえの瘤のような憎い商売仇。なんとかして評判を落としてやろうと思っていたが、上手くいった。ムカデさまさまだったな」

と嘲笑うように申しました。その言葉を聞いて、私はもうこれまでと観念し、火鉢にあった短い火箸を手にしてあの男の胸をひと突きにいたしたのでございます」

「なんと……」

「夫は『あ……』と言ったきり、あっけなく死んでしまいました。でも、私は後悔しておりません。先生との恋に夫は邪魔なだけ」

「…………」

「火箸を引き抜くと、中庭にある井戸のなかに夫の死体を投げ込み、十両を店の金庫から持ち出して、その足でここに参りました。でも、すぐに見つかってしまうでしょう。どうぞ遠国にでも私を連れていってください。先生とならばどんな苦労も厭(いと)いませぬ……」

慈鎮斎は呆然(ぼうぜん)とした。そして、ふと気づいた。先刻のあきがめくった「未来宝典」の箇所に「井のなかのかはづ」とあったのは、「井戸のなかの河津」ということではなかったか……。

(ときどきこういうことがある。私には占いの力などないはずなのに、妙に当たってしまうのだ。幸運堂愚鈍先生も、『おまえには占い師としての素質がある。だが、もって生まれた悪念がそれを邪魔しておる。残念なことだ……』と……。『占い師は他人の運命を知ってしまう職業。心悪(あ)しきものが占いを弄(もてあそ)んではいかん』とも言うておられた……)

慈鎮斎がそんなことを思ったとき、

「さあ、先生、お支度を……。追っ手がかかるまえに逃げねばなりませぬ。さあ……さあ！」

手を差し伸べるあきの顔がまるで鬼女のように見えた。慈鎮斎はその手を払いのけ、

「私はあなたと道行というわけにはいかぬのです」

「なぜでございます」

「やるべきことがあるからですよ」

「それはいったい……」

「ある女を吉原から身請けせねばならぬのだ。それには法外な金がかかる。私はそのためにイカサマな占いで稼いでるのだ」

今度はあきが呆然とする番だった。

「女を……身請け……？」

「そうだ。ただ、私がその女を女房にするわけではない。ご公儀が此度（こたび）、若年寄支配のお役目として、天文方のほかに卜占方（ぼくせん）というものを新たに設けることになったのです。私にそこの主任に就かないか、という話が来ましてね。仲介役の方が吉原の富士見太夫という方にたいそうご執心で、袖の下代わりにその太夫をくれるなら考えてもよい、と……」

「なぜそのようなものになりたいのですか……」

「この世を自分の手で動かしてみたくなったのです。あなたをはじめ、ひとは占いというものをたやすく信じてしまう。ならば、私の占いの結果によってこの国の政を自在に操ることができるのではないか……そう思ったのです。ただし、それには最低でも千両必要らしい」

　今度はあきが呆然とする番だった。

「では、私はだまされていた、と……」

「お内儀、この世には占いだの神通力だの奇跡だの……そんなものは存在しないのだ。可哀そうだが、亭主を殺めてしまったあなたとかかわっていては私の首まで危うくなる。悪いが出ていっていただこう」

「そ、そんな……私にはもう行くところがないのです！」

「私の知ったことではない。占いなどというあぶくみたいなものを信じたあなたが馬鹿だったのだ。さあ、帰りなされ」

　あきはすさまじい形相になり、

「あなたを殺して私も死にます！」

　そう叫ぶや、帯のあいだから短い火箸を抜き出し慈鎮斎に向かって突っかかってきた。慈鎮斎がその手を強く叩くと、火箸はどこかに飛んでいった。

「死ぬならひとりで死んでもらおう」

「この……嘘つき！」

あきは慈鎮斎の胸ぐらをつかんだ。慈鎮斎は頰をひっぱたいたが、あきはしがみついて離れない。

「ええい、うっとうしい！　離せ！　離さぬか！」

慈鎮斎は思わずあきの喉に手をかけた。あきの顔は紫色に変じ、そのままその場に崩れ落ちた。脈を取ったが、すでに止まっていた。生まれてはじめての人殺しだった。

（仕方がなかったのだ。私の将来にとって邪魔になるものはひとつずつ除いていかねばならぬ……）

慈鎮斎があきの死骸を見下ろしているところに、

「先生、なになさってるんで？」

入ってきた丈太郎は、倒れているあきを見て、

「まさか……」

「ああ……やってしまった」

慈鎮斎は事情を手短に説明した。

「へぇえ、お内儀の想いびとが先生だったとは……先生も隅に置けねぇね」

「軽口を叩いてる場合ではない。どうすればよかろう?」

丈太郎はこともなげに、

「とにかく死体をここに置いといちゃまずい。この女はうちに占いに通ってるってことを店には内緒にしてるはずだ。お供の丁稚も、お内儀は寛永寺にいると思い込んでる。足はつきっこねえ。死体をよそに移せば、あんたが殺したとはバレねえだろうよ」

「なるほど。相変わらず悪知恵が働くな」

「先生ほどじゃあねえよ。寛永寺の境内にうっちゃってこようか」

「参詣客の目がある。山役人もいる」

「夜になるのを待ちゃあいい」

「寛永寺の門は暮れ六つに閉まる」

将軍家の菩提寺でもある寛永寺は、用心のために夜間は正門も黒門も閉めてしまう。

「心配いらねえ。不忍池のまわりなら入れるさ。あそこの松林に隠すってえのはどうです?」

ふたりはあきの死体を晒でぐるぐる巻きにすると、日が暮れるのを待った。落ちつかなげに周囲を見回したり、かがんで机や部屋の隅をのぞき込んでいる慈鎮斎に丈太郎が言った。

「なにを探してなさる」

「火箸だ。この女が河津屋を殺した凶器でな、それで私も刺そうとしたのだが……払いのけたらどこかに飛んでいってしまった」

「気にすることはありませんぜ。火箸なんてものはどこの家にもある」

「そ、そうだな……」

慈鎮斎には丈太郎の落ち着きが頼もしかった。

やがて、日が落ちた。深夜、子（ね）の刻（零時）を待って、ふたりは頬かむりをすると外に出た。広小路の通りを月が煌々（こうこう）と照らしている。丈太郎が頭の方を、慈鎮斎が足の方を持ち、ふたりはあきの死体を荷物のようにして運んだ。さいわいすれ違うものはだれひとりいなかった。不忍池は目と鼻の先だ。出会い茶屋の周辺にも人影はない。

道から外れたところにある鬱蒼（うっそう）とした松林に入り込む。晒を外すと、恐ろしげな死に顔が露（あら）わになり、慈鎮斎は身震いした。丈太郎が、

「さあ、早く……」

そう言ったので、

「ど、どうするんだ」

　慈鎮斎はおどおどと言った。

「へへ……先生も案外ビビリだねえ。ちょうどここに枝ぶりのいい松があらあね。この松に吊るして首つりに見せかけましょう。夫を殺しちまった内儀が、その罪の重さに耐えかねてここで首を吊った、てえことにすりゃあ、なべてうまく収まるってもんだ。——見なせえ。あんたの指の跡が喉にくっきりついてやがる。これをごまかさにゃあならねえ」

　身震いしている慈鎮斎を尻目に丈太郎はあきの帯を解くと、それを松の太い枝にかけた。ふたりはあきの死体をその帯に引っ掛けた。あきは四肢をだらりと垂らし、ぶらぶらと揺れている。

「これで、指の跡も消えまさあ。——どうです、この趣向」

　松の枝にだらりとぶら下がったあきの死体をまえにして、慈鎮斎は感に堪えぬように、

「なるほど、まるで蓑虫だな。これならよかろう」

「さて、と……先生、ちょっとお願いがあるんですが……」

「なんだ、こんなときに……」

「小遣いをいただきてえんで。なにしろ人殺しの後始末だからね、あっしも危ねえ橋を渡ったことになる。ちいとまとまった額をお願えしますよ」

「ふん……五両か十両か……」

「百両欲しいんで」

「百両だと？　気でも違ったか。私が富士見太夫を落籍するには千両必要なのだぞ。これまでに集めた八百両のうち、七百両は団扇屋に内入れとしてすでに渡してしまった。手もとには百両しかない。それをまるごと持っていかれてはどうにもならぬ。もちろんおまえへの礼ははずむつもりだが、あと二百両稼いで、富士見太夫を落籍するまで待ってはもらえぬか」

「今すぐもらいてえ。じつは日本橋の賭場に義理の悪い借金がありましてね、返せ返せと矢の催促で困ってるんでさあ。先生の『未来宝典』はいくらでも金のなる木でがしょう。また、いちから稼ぎゃあいい。なあに、少し延びるだけだ」

「少しといっても、そのあいだにほかのものが主任に任ぜられるかもしれぬ。頼むから、ちょっと待ってくれ」

「そうはいかねえんで……。先生とあっしは一蓮托生（いちれんたくしょう）だ。あっしがもし、お恐れながらと訴えて出りゃあどうなりますかね」

「本気か、丈太郎」

「洒落や冗談でこんなことは言わねえさ」

「賭場でイカサマがバレたせいで、簀巻きにされて大川に放り込まれたおまえを川下で、漁師よろしく掬い上げてやった恩を忘れたのか」

「恩は恩、金儲けは金儲け……分けて考えるたちでねえ。こんな機会は逃せねえ。でも、あっしは恩知らずじゃあねえぜ。その証拠に、ほんとは三百両……といきてえところを、大負けに負けて百両にしてやったんだ」

慈鎮斎は憮然として、

「わかった。百両だな」

「へへへへ……すみませんねえ」

そう言うと、ぶら下がっているあきの死体に向き直り、ちょんとつつくと、

「あんたのおかげで濡れ手で粟だ。ありがてえありがてえ……」

慈鎮斎はあきの死体に巻きつけてあった晒を拾うと、丈太郎の背後からそっと近づいた。そして、いきなり晒を丈太郎の首に巻き付け、引き絞った。

「ぐげっ……なにしやがる……」

「お内儀ひとり吊るしておくのはかわいそうだから心中仕立てにしてやるのだ。その

相方に……おめえがなれ！」

丈太郎は両手で晒をほどこうとしたが、がっちり喉にはまっていてびくともしない。慈鎮斎も必死である。

「死ね……死なぬか！」

首の骨も折れよとばかりに締め上げる。晒はぐいぐいと喉に食い込んでいく。やがて、丈太郎の抵抗が止まった。全身の力がだらりと抜けたのがわかった。慈鎮斎が手を緩めると、丈太郎の身体はずるりと地面に落ちた。額の汗を拭い、たった今まで相棒だった男の死体を見下ろした。

「手間をかけさせよって……。今、百両、おまえに持っていかれては困るのだ。私の夢が実現するかどうかの瀬戸際だからな」

そして、丈太郎の帯をほどくと、首に巻き付け、あきの隣に吊るした。ぎしぎしと松の枝が鳴った。慈鎮斎はあきの右手と丈太郎の左手をつなぎ、あきの帯留めで小指同士を結わいておいた。

（お互い、知らぬ顔でもなかろう。あの世で仲良くな……）

手を合わせて、その場を去ろうとしたが、晒を始末しなければならないことに気づいた。丸めて、不忍池に放り込む。水を吸った晒は、暗い水中にゆっくりと沈んでいった。

### 3

家に帰った慈鎮斎は、さすがに心身ともに疲れ切っていた。戸締まりをして、奥の間に入ると、蠟燭に火を灯し、徳利(とっくり)から湯呑み茶碗(ぢゃわん)に酒を注いだ。二杯立て続けに飲み干すと、大きく息を吐いた。

(とんだ一日だった……)

目を閉じると、あきと丈太郎の死に顔が浮かんでくる。

(やってしまったもんはしかたないが……明日から飯も洗濯も自分でやらねばならぬわい。それに、占いの「仕込み」にも不自由することになる。早くあの男の後釜を見つけねば……)

もう二杯、茶碗酒を飲むと、畳のうえに大の字になった。不安がこみ上げてくる。

(大丈夫だろうか……。ドジは踏んでおらぬつもりだが……)

河津屋の主の死体は今夜のうちに発見されるかもしれない。しかし、たとえそうなったとしても、河津屋三左衛門を殺したのは慈鎮斎ではないのだから、なんの心配もいらない。問題は松林のなかの心中だ。それが見つかったとして、慈鎮斎のところに詮議の手が伸びるだろうか……。

（お内儀は、店のものにはここに来ていることは内緒にしているはず。壺も、古いのは叩き割るように言ってあるから、そこから足はつかぬ。あとは丈太郎だが……）

外出するときは顔を見られないよう頰かむりをしろ、と言いつけてはあったが、近所のものには目撃されているかもしれない。

（なにかよき思案があるはずだ……）

慈鎮斎は寝たまま腕組みをして考え込んでいたが、やがてむくりと起き上がり、湯吞みを持ったまま机のまえに立った。あきを誑し込むのに使った「慈鎮斎記す未来宝典」がそのまま置かれていた。慈鎮斎は、それを適当に開いてみた。これまでに書いたでたらめな文章がつづられている。

・大きな飢饉が訪れる。それは黒い猫の姿をしている。
・鯛が獲れなくなり、千人の漁師が海に飛び込む。
・その役者は頭から羽織をかぶせられ、町を歩けと命じられる。
・豊作、豊作、また豊作。日の本は黄金の穂に揺れる。

・恐ろしい大王（おおきみ）が降ってくる。あんころもちの大王も蘇（よみがえ）る。
・ネズミが江戸市中にあふれ、米を食い荒らす。そのネズミは女の顔をしている。
・昼なのに太陽が消え、月が現れる。月の裏にならず者が隠れている。
・富士山が火を吐き、炎のなかで大きな鬼が踊っている。

などなど……。慈鎮斎が思いつくままに書き連ねたもので、占いを乞う客の願い如何によってこれらの文章のどれかにこじつけて「見徳」が成立する。もちろん、ときに応じて書き足される。慈鎮斎は酒をがぶ飲みしながら、自分がかつて書いたその文章を笑いながら読んだ。

（はははは……でたらめもよいところだ。こんなものを信じて大金を払う。人間というやつはつくづく馬鹿にできあがっている。うまく卜占方になれたら、もっともっとでたらめな占いをして、もっともっと金を儲けてやる！）

慈鎮斎はげらげら笑いながら酒を飲み続けた……。

（そう言えば……）

慈鎮斎は、彼の師匠であった愚鈍から聞いた言葉を思い出していた。それによると、占いというのは人間に元来備わっている勘働き、すなわち「直観力」を用いたものであり、鏡や祈禱、文書の文章などはその力を研ぎ澄まし、増幅させるための手段に過ぎない。生まれながらにして直観力が他人より優れているものがおり、古代においてはそういうひとを選んで太占(ふとまに)や亀卜(きぼく)を行わせたらしい。

また、愚鈍はこうも言っていた。

「『勘働き』の力は人智を超えたものだ。あらゆることは、この世界ができるまえからすでに決まっているのだ。占い師は、それを『観る』術を知るもの。小賢(こざか)しい知恵で、その結果を曲げることはできぬ」

(なにが「勘働き」だ。占いなんて全部嘘八百なのに……!)

慈鎮斎は舌打ちをすると酒をあおった。

気が付くと、すっかり夜が明けていた。慈鎮斎は机に寄りかかって眠っていたらしい。あわてて立ち上がったが、無意識に開いていたらしい「未来宝典」のある頁の文章が目に触れた。

ひとを呪はば穴ふたつ

そこにはそう書かれていた。慈鎮斎は舌打ちすると、「未来宝典」を閉じた。今日も常連客の予約が入っている。

(今日からは丈太郎がおらぬ。なにもかも自分でやらねばならぬのだな……)

井戸端で顔を洗い、ついでに米を研いで、かまどに火を入れ、飯を炊く。鍋に湯を沸かして味噌を解き入れ、実のない味噌汁を作る。大根の糠漬けを切る。昨日までは丈太郎がしてくれていたことだ。

(このような所帯じみたことをしたあとで、占いなんぞできるか!)

そんなことを思いながら、今日予約が入っている顧客の名簿を見ていたとき、

「邪魔するぜ」

そう声がかかって、ふたりの男が入ってきた。先頭の男は紺の股引を穿き、帯には外から見えるように十手を差している。

(目明しか……!)

一瞬、心臓が高鳴ったが、悟られぬように平静を装い、

「どちらさまです」

「俺ぁ馬喰町の伴次って目明しだ。あんたにちょっと……」

と言いかけたとき、すぐ後ろにいた若い男が伴次を押しのけるように進み出て、

「そして、わたいが一の子分のイソ公の伊太郎!」

慈鎮斎は首を傾げた。伴次の方はまだ強面が利く風貌だが、伊太郎と名乗った若者は、ヒョロヒョロの体軀で、顔にはうっすら白粉をはたいている。着物のうえから牡丹の柄の派手な浴衣を羽織代わりにひっかけ、両手を寒そうに袖に入れて、踊るような仕草をしている。幇間か道楽者崩れのようで、どう考えても岡っ引きには見えない。

伴次は伊太郎を振り返って小声で、

「ちょっと黙っててておくんなさい」

「なんでや。間違うたこと言うてるか？」

「若旦那を子分、子方にした覚えはありませんぜ」

「ええやないか、臨時雇いゆうことで……」

伴次は慈鎮斎に向き直り、

「えーと、どこまでしゃべったかな」

「『あんたにちょっと』までです」

「あ、そうだった。あんたにちょっとききてえことがあるんだ」

「どういうことでしょう。お上にお咎めを受けるような真似をした覚えはございませんが……」

「そんな用件で来たんじゃねえから安心しな。このあたり、軒並みずーっと話をきいて回ってるだけなんだ。――あんたの商売はなんだね」

「私は占い師でございます」

「はあ……八卦見か」

「占いはいたしますが八卦ではございません。神鏡と『未来宝典』という書物を使った占いで……」

「ふーん、そうかい」

伴次はとくに慈鎮斎の商売には関心がないらしく、

「それにしても、馬喰町の親分さんが下谷までお出張りとは縄張り違いではありませんか？」

「まあ、そうなんだが……実ぁ俺の縄張りに河津屋てえ呉服問屋があるんだ。知ってるか？」

ここは、知らぬとすっとぼけるより、知っていると言った方がよかろう……。

「はい、名高い大店でございますから、なかに入ったことはございませんが、名前は耳にしております。たしか横山町の表通りにあったように覚えておりますが……」

「なら、話が早ええや。あすこの主の三左衛門が、昨日の夕刻から姿が見えねえ。外出するという話もだれも聞いていねえ。しかも、お内儀さんまでいなくなっちまった、てえんだ」

「ほう……そりゃあ不思議ですな」

「ふたり連れ立って店のものに黙って出かけるわけもあるめえ。奉公人総出で、母屋、離れ、茶室、台所、厠に至るまで探したが見当たらねえ。いくつもある蔵のなかや庭、天井裏、縁の下までくまなく見ても、どこにもいねえ。とうとう夜になっちまった。まさかかどわかし……とも思ったが、それらしい手紙も届かねえ」

　ほとほと困り果て、番屋へ届けるかどうかを番頭はじめ皆で話し合っていたところ、中庭にある井戸から風呂の水を汲んでいた風呂焚きの甚兵衛という男が転がるようにその場に入ってくるなり、

「旦那さまが……旦那さまが井戸のなかに……！」

　一同で様子を見にいくと、井戸のつるべに引っかかり、下半身を水に浸したような形で三左衛門がぶら下がっていた。引き揚げてみると、すでに息はなかった。着物は着たままだった。

　すぐに番屋にひとが走り、北町奉行所に届け出がなされた。

「で、横山町を仕切ってる俺に声がかかったてえわけさ。もちろんほかの御用聞きも大勢呼び出されて、おまえはあっち、おまえはこっち……と手分けして聞き込みに回

ってる。俺ぁこのあたりの受け持ちになったのさ」

「三左衛門というお人はなにゆえ井戸に飛び込んだのです？」

「そのことさ。ご検使によると三左衛門は自殺じゃねえ。心の臓を細くて鋭いものでぶすりと刺されたのが死因だそうだ」

「つまり……殺された、と？」

伴次はうなずいて、

「お内儀のおあきさんてえのが、いくら探しても姿が見当たらねえ。かどわかしだとすると、旦那が死んでるのは変だ。もしかすると、お内儀が三左衛門と揉(も)めて、刃物かなにかで旦那を突き刺し、そのまま逃げたのかもしれねえ、と俺はにらんだのさ」

「それはわかりましたが、なぜこんな遠くまで足をお運びに……？」

「番頭に話をきくと、お内儀は月に一度、この近くにある菩提寺に月参りするついでに、と言ったら罰当たりだが、寛永寺にもお参りする。それが唯一許されている外出だそうだ。ちょうど昨日がその月参りの日で、昼間、丁稚をひとりお供に連れて寛(かん)永寺に行ったらしい。だから、もしかしたらこの界隈に潜んでるんじゃねえか、と眼をつけ、あちこちたずねてまわってるてえわけだ。おめえんところに、そのお内儀が占いに来なかったかい？」

「昨日は女のお客さまは来ませんでしたねえ」

「ほんとだろうな。隠し立てするとためにならねえぜ」

「ははは……隠し立てもなにも私はそんなお内儀さんは存じ上げません」

「嘘ついても顔に出らあ」

「そちらから人相を観られては占い稼業が上がったりですな。お会いしたこともない方のこと、お答えのしようがありません。これは嘘いつわりないことでございます」

伴次がなにか言おうとしたとき、伊太郎が首をにゅうと伸ばして、

「あのな、さっきの聞き込みで、昨日の夕刻、このあたりで雪駄が片方脱げた、髪を振り乱した女が走ってるのを見た、ゆうもんがおったんやけどな、そういうの見かけんかったか?」

「さ、さあ……」

伴次が伊太郎をにらみつけ、

「ちゃいっ!」

「なにが『ちゃい』や?」

伴次は伊太郎の袖をつまんで少し離れたところに引っ張っていくと、小声で、

「あんたが、あー、暇で暇で死んでしまう、吉原かどこかに遊びに行こうかなって言

うんで、そんなことされちゃあ大旦那との約束が反故になる。それに、家に置いとくとおぼんと揉めてばっかりだから、仕方なく連れてきたんだ。お上の詮議には段取りってものがあるんで、若旦那が口を挟むと、こっちの腹積もりが崩れる。あんたはとにかく横で見てるだけにしてもらいてえ。それができねえなら、もう御用にはついて来ねえでくだせえ」

「あー、はいはい、わかったわかった」

「なにがわかったんです」

「なにごとも馬喰町の親分さんの言うとおりにする」

ふたりはふたたび慈鎮斎のところへ戻った。しかし、伴次が口を開くより早く伊太郎が、

「この家はけっこう広いけど、下男、下女は雇てへんのかいな」

伴次は目を大きく見開いて伊太郎をにらんだ。慈鎮斎は咳払いすると、

「占いというのはできるだけ内密に行うものですから……。以前は下男を雇っていたときもございましたが、今は私ひとりです」

「ひとり？　占いの客を待合で待たせたり、案内したりする役目のもんがいてるのとちがうか」

「じつは少しまえまで下男がいたのですが、急に辞めてしまったので、なんとか私だけで切り盛りしております」

「出替わり（奉公人の入れ替わり）の時期でもねえが……」

「給金のことで揉めましてね、こんなところにはいられねえ、とかなんとか啖呵を切って出ていったんで、明日あたり口入屋（就職斡旋業）に行こうかと思っておりました。今も飯を自分で炊いて、朝餉の支度をしていたところです」

「そう言えば、ええ匂いがしとるがな」

「食べていかれますか？」

「え？　ええんかいな。こら、ありがたい。朝飯食うてから出てこようと思てたのに、帰ってきてから食うたらええやろ、早よ出ていきなはれ、とか抜かすドケチのせいで、おなかぺこぺこなんや。ほな、悪いけどご相伴にあずかろかいな」

　伴次が、

「なに言ってるんだ。そういうわけにゃいかねえよ！」

「ええがな、せっかく言うてくれてはるのや。そもそもおまえの嫁はんが朝飯を出さんかったのが悪いのや。あのドケチ……」

「こんなところまで来て、おぼんの悪口言うこたあないでしょう？　あいつはあいつで、急な居候に往生してるんだ」

そう言ったとき、伴次の腹が「きゅううう……」と音を立てた。伊太郎は手を打って、

「はははは……腹は正直やな」

伴次は赤面して、

「それじゃあ、お言葉に甘えることにするか。俺も、石部の旦那からの呼び出しで朝っぱらからなにも食わずに出張ってきたんで、ひだるく思っていたところだ」

慈鎮斎は、

（なんて図々しい岡っ引きだ……）

と思ったが、こちらから言い出したことなので仕方がない。味噌汁と飯と香のものを膳に載せてふたりに出した。伊太郎は、

「これやこれや。炊き立ての温ままに熱々の味噌汁、ほかはなんにもいらんなあ」

伊太郎は飯を五杯、味噌汁を三杯お代わりした。その食いっぷりに釣られてか、伴次も三杯食べた。しまいには、釜底の焦げたところまで茶碗によそい、醤油を垂らして熱い茶をかけ、茶漬けにしてすっかり浚えた。伴次が、

「とんだふるまいをしてもらって、お礼のしようもねえ。すまねえなあ」

そう言ったのを聞いて、慈鎮斎は内心安堵した。この岡っ引きは自分を疑ってはい

ないようだ……。そう思ったとき、伊太郎が言った。

「占いなんて街角やら寺の境内、裏長屋の狭いところなんぞでやってるもんやけど、見たところえらいご立派な店構えやな。そないに儲かるもんか？」

「私の占いは、はばかりながら大道に机を並べてはした金をやりとりするようなものとは異なります。百発百中、ぴたりと当たると評判ですが、もちろんそれなりの代金をちょうだいいたしますから……」

伊太郎は部屋のなかをぶしつけに見渡すと、

「あんた、独り身かいな」

「はい……この歳になるまで女房と名がついたものは持ったことがありません」

「ほな、ほんまにひとり暮らしなんやな。失礼ながらご両親は……」

「とうに他界いたしました」

「ふーん、そうかいな。――おかわり」

慈鎮斎は苦笑しながら、

（早く帰れ……）

と念じていた。

「ああ、食うた食うた。ほな、帰りまひょか」

「馬鹿野郎。まだ、聞き込みの続きがあるんだよ！」

伴次は慈鎮斎に向き直り、

「すまなかったな。――なにか思い出したら知らせてくんな。馬喰町の伴次ってきけば、すぐにわかる」

「かしこまりました」

ふたりが立ち上がったので慈鎮斎もホッとして、

「それにしても、あんな大店の主が火箸で刺されて井戸に放り込まれるなんて物騒な話ですね」

「まったくだ。とにかくお内儀の行方を探さにゃあならねえ。――邪魔したな」

伴次と伊太郎が出ていったのを確かめたあと、慈鎮斎はその場にへなへなと座り込んだ。

（なんだ、今の連中は……。御用の途中なら、朝飯でもどうぞ、と言われても断ればよかろうに……）

舌打ちしながら釜を見ると、さっき炊いた飯はすでにひと粒も残っていなかった。

武家屋敷以外の聞き込みはだいたい終わったが、これといった収穫はなかった。

「河津屋の内儀、このあたりにはいねえようだな。雪駄が片方脱げた、髪を振り乱した女、てえのもガセだろう……」

歩きながら伴次が言うと、

「そやろか……」

「気になることでもありましたか？」

「今の占い師、あんな大店の主が火箸で刺されて井戸に放り込まれるなんて物騒や、て言うとったやろ」

「それがなにか」

「あんたは、心の臓を細くて鋭いものでぶすりと刺された、ゆうただけで、火箸とは言うてなかったで。凶器は見つかってないのやさかい、なんで刺したかはまだだれも知らんはずや」

「うーん……『細くて鋭いもの』といったら、まず思い浮かべるのは火箸でしょう」

「そうかあ？　畳針かもしれんし、菜箸かもしれんし、なんぼでもあるがな。なんで火箸と決めつけよったんやろ」

「さあてね。――今の占い師が河津屋殺しに関わってるとでも言うんですかい？　そうは見えませんでしたけどね」

「悪人らしくないやつがいちばんの悪（わる）、ゆうこともある。思い込みで詮議したらえらい間違いが起こるで」

「へへへへ……若旦那に岡っ引きの『いろは』を習おうとはね」

「わたい、こういうの向いてるみたいやわ。本職の目明しになろかなあ」

「馬鹿言っちゃいけねえ。若旦那を子分にするなんてまっぴらごめんですぜ」

「アホか。おまえを子分にしたろか、て言うとんのや」

「どっちにしても、そんなことになったら大旦那からどやしつけられます。勘弁しておくんなせえ」

「そんなこと言わんと、その十手、ちょっと貸してえな」

「十手はおもちゃじゃねえ。本来は御用のたびに同心の旦那から預かるもんなんだ。それじゃあ日頃、幅がきかねえから、気の利いた御用聞きはみんな、自腹で鍛冶屋に作らせるんです。けっこう値が張るもんですぜ」

「ふーん……そやったんか」

「じゃあ、俺は今から、石部の旦那に今の聞き込みのこと報（しら）せてきますんで、若旦那はおとなしくうちに帰ってくだせえよ。遊びに行ったりしちゃ困りますぜ」

「そんなことするかいな」

「うちのやつと揉めねえように」

「それは約束でけんなあ。ほな、さいなら」

　なにやら独り合点して歩み去る伊太郎の後ろ姿を見ながら、伴次は胸のうちに悪い予感が広がるのを感じていた。

## 4

　翌朝、おぼんにさんざん嫌味を言われながらも朝飯を五杯食べた伊太郎は、

「さあ、ほなちょっと出かけてくるわ」

　まだ飯の途中だった伴次は、

「どこに行くんです。まさか遊びに……」

「こんな朝早うから遊びにいけるかいな。野暮用や」

「その『野暮用』が怖いんだ。俺は今日、谷中（やなか）から日暮里（にっぽり）のあたりまで足を延ばしてみるつもりですが、若旦那は行かねえんですか」

「ああ、今日はやめとくわ」

そう言うと伊太郎は雪駄をつっかけると出ていった。伴次が神棚を見て、

「十手も持っていかなかったな。どこに行くんだろう」

おぼんが、

「どこへ行くのかしらないけどね、二度と帰ってこなかったらいいのに」

「そうポンポン言わねえでくれ。若旦那は俺の命の親で……」

「あんたの親かどうかは知らないけど、少なくともあたしの親じゃあないからね。だいたいイソ公ってものは、『三杯目はそっと出し』てな具合に遠慮するもんじゃないのかい」

「…………」

伴次は黙り込んだ。そして、その頃伊太郎は巣鴨（すがも）にある鍛冶屋を訪れていた。

「昨日頼んだもん、できてるか？」

「へえ、こちらに……」

鍛冶屋が差し出したものは、全長一尺（約三十センチ）ほどの十手だった。真鍮に銀をかぶせた豪奢な造りで、柄にはあでやかな紐（ひも）が巻かれ、そこから金色の房が下がっている。伴次の持っている銅（あかがね）の安物とは違い、まるで骨董品（こっとうひん）のように見える。

「おお、言うたとおりにしてくれたな。おおきにおおきに」

伊太郎は鍛治屋に代金を払った。

「お客さん、見たところ十手持ちではないようですが、こんなものこしらえてなにになさいますんで」

「へへへ……わたいの趣味に使うのや」

伊太郎はにやにや笑いながらその十手を帯に差し、鍛治屋を出た。

（おかんから届いた小遣いが十五両。この十手が五両か。無駄遣いしてしもたけど、おかんには堪忍してもらお……）

その足で横山町へ向かうと、河津屋の表に立った。暖簾（のれん）は出ておらず、戸に忌中札が貼ってある。

「邪魔するで」

「どちらさまでしょう。ただ今、当店は取り込み中でございまして……」

番頭らしき男が応対に出た。

「おまはんは番頭か？」

「手前は三番番頭の昭介（しょうすけ）と申します」

伊太郎はうれしそうに新品の十手を見せつけると、

「わたいはこれや。馬喰町の伴次親分の一の子分で『イソ公の伊太郎』ゆうたら、この界隈には名前が響き渡ってるはずやで」

「これは失礼しました。でも、八丁堀の旦那方のお取り調べは昨日……」

「それはわかっとる。こういう大事件には念には念を入れるのがお上のやり方や。——上げてもらうで。まずは、殺された三左衛門の居間を見せてもらおか」

「へ、へえ……」

伊太郎が通されたのは奥の一室だった。紫檀の床柱がある広い部屋で、天井は杉の格天井、立派な桐の簞笥が二棹と手文庫があり、中央に大きな火鉢と煙草盆が置かれている。

「主はたいていこの部屋におりました。ここもお奉行所のご検使の方が念入りに調べておられましたが，とくになにもないと……」

「ええから黙っとれ」

部屋を見渡した伊太郎が目をつけたのは火鉢だった。火箸が一本しか刺さっていない。

「おまはんとこは、火箸は一本しか使わんのかいな。器用やなあ」

「え？　これはおかしゅうございますな。昨日まではたしか二本ございましたが……」

「見てみい、畳の縁にちょっとだけ血がついてるやろ。旦那はこの部屋で、たぶん火箸で刺し殺されたのや。下手人はそのあと死体を井戸まで引きずっていって、放り込んだに違いない。三左衛門は大柄やったか？」

「いえ……小柄で、痩せたおひとで……」

「それやったらだれでも……丁稚や女子衆でもやれんことはないわな。——こんな具合に、八丁堀の旦那衆でも見落としてることを拾うてまわるのが、わたいらの務めやねん。よう覚えとけ」

「恐れ入りました」

「つぎはお内儀やが……まだ行き先はわからんのか」

「店のもの一同も心配しておりますが、いまだに……」

「昨日、お内儀は寺参りに出かけたそやな」

「丁稚をひとりお供にしての月に一度のお墓参りで、そのあと寛永寺さんにお参りするのが慣例でございました」

「そのまま帰ってこんかったんやな」

「いえ、ちゃんとお帰りになられました」

「なんやと？」

聞いていた話とちがう。

「そのことも昨日、石部さまというお役人にお話ししましたけど……聞いておられませんか？」

「そ、そやったかなあ……」

だとしたら、寛永寺界隈を聞き込みに回ったのは無駄足だったのかも……。

「いなくなった主が死体となって井戸から見つかって、店一同大騒ぎをしているときに、だれかが『おかみさんがいない』と言い出しまして……」

「いっぺん戻ってきたのはたしかなんやな」

「へえ、私も顔を見ましたので……」

「お内儀の部屋はどこや」

「こちらでございます」

襖を開け、隣の部屋に入る。打って変わった狭い、暗い部屋である。箪笥がひとつだけ置いてあり、鏡台のまわりに化粧道具が散らばっていた。あとは裁縫道具ぐらいのものだ。

「ここがお内儀の部屋か？　窓もないし、風通しも悪いなあ」

「じつは、もとは行灯部屋で……」

押し入れを開けたが、めぼしいものはなにも入っていない。つづらがふたつ重ねてあったが、なかは古い着物であった。かなりていねいに探したが、手紙の一通、日記の一冊も見あたらなかった。

「これはなんや……」

伊太郎が手にしたのは、押し入れの奥に入れてあった小さな素焼きの壺である。逆さにしてみたが、なかは空だった。

「さあ……私は初見でございます」

伊太郎はためつすがめつその壺を見たが、要するにただの壺、しかも安ものと思われた。

「ここの家族はなんにんおる？」

「主の両親はよそに隠居所をもうけて、そちらにおられます。亡くなった先のお内儀とのあいだに生まれた子ども三人は皆早うに亡くなり、後妻に入ったのが今のお内儀で……」

「夫婦仲はどやった？」

「いや、それは……」

「三左衛門は殺された。お内儀は行方が知れん。――隠し立てしてるときやあるまい」

「わかりました。洗いざらい申し上げます。子どもが授からなかったことで、主は次第にお内儀をないがしろに扱うようになりました。自分は妾を囲っておられ、そちらに男の子が生まれましたので、近々その子を養子にして、店の跡取りにするつもりでございました。そうなったら妾を店に引き入れて、お内儀は追い出してしまおう、と……」

「ひどい話やないか。お内儀はそれを知ってたんか？」

「うすうすは……」

伊太郎は、生年月日や生国、河津屋と同じく呉服問屋だったという両親のことまであきのことをひととおり聞き出し、それを帳面に書きつけると、

「ちょっと、お供をしてたゆう丁稚を呼んできてくれ」

やってきたのはこまっしゃくれた顔の歳松という丁稚だった。伊太郎はいきなりその丁稚に十手を突きつけ、

「これはお上の詮議や。隠し立てしたら牢屋へ放り込むからそう思えよ」

丁稚は泣き出しそうになった。昭介が、

「そんな……子ども相手に大人げない……」

「ほっとけ。——昨日、お内儀さんのお供をしたゆうのはおまえか」

「へ、へえ……。墓参りをしたあと隣にある寛永寺に行きました。おかみさんはいつも、茶店で待ってるように、とおっしゃいまして、ひとりでお寺に入られます。ありがたいお説法をお聞きするのやそうで、そのあいだ、私は茶店で団子を食べてお戻りを待ってございます」

「なんぞ変わったことはなかったか」

「変わったこと……えーと、昨日は串団子三本と大福餅四つ、上用饅頭五つに稲荷ずし六つ食べまして、お茶と甘酒を……」

「そんなことはどうでもええねん。変わったことをきいとるのや」

「ですから、いつもはそれにふかし芋と焼き栗も食べるのに、昨日は食べませんでした。変わったことといいましたらそれぐらいで……」

「アホ。おまえがなにを食べたかやのうて、お内儀の様子に変わったことはなかったか、て言うとんのや」

「それやったら……いつもはおかみさん、月に一度の寛永寺行きをすごく楽しみにしていて、行きも帰りもにこにこ顔なのに、昨日は行きはにこにこしておられたけど、茶店に戻ってこられたときは、なんだか顔が青ざめていたみたいでした」

「ほほう、耳よりな話やな。それで……？」

「店に着くまでひと言もおしゃべりになられず、なんだか急いでおられる様子に見えました。あとのことは知りません」

「お内儀がどこにいるか見当はつかんか？」

「わかりません。けど……けど……」

丁稚は胸につかえていたものを吐き出そうとするかのように、

「おかみさんは……おかみさんはかわいそうでした。店のみんなにつらく当たられて、つまはじきにされて……居所がなかったと思います。でも……すごくいいひとでした。私みたいな小僧にも優しくしてくれました……」

昭介が、

「いらぬことをしゃべるんじゃない」

目を剝いてにらんだ。

「おおきに。いろいろわかったわ」

立ち上がった伊太郎が言うと、昭介はきょとんとして、

「そりゃあどうも……」

伊太郎は店を出ようとしたところで振り返り、

「そや……丁稚さん、あんた、慈鎮斎ゆう占い師の名前、聞いたことないか？」

丁稚はかぶりを振った。

「占いの先生、いてるかー」

神鏡に向かって念を送っていた慈鎮斎は、玄関から聞こえてきたがさつな声に顔をしかめた。彼のすぐ後ろでは、上客である某大名家の江戸家老が目をつむって祈りを捧げている。彼は、自分の仕える大名の跡目相続が病弱な嫡子になるか、壮健で聡明な次男になるかを知りたくて日参している。家老はどちらの側につくべきか去就を決めかねているのだ。

「先生ー、慈鎮斎先生ー、いてまへんかー」

慈鎮斎は耐えかねて立ち上がり、玄関へ出た。昨日来た下っ引きだ。

「ただ今、占いの最中にて、精神の集中を要することゆえ、しばしお待ちくだされ」

「その占い、見せてもらうわけにはいかんのか」

「顧客にとって内密な事柄も語られる場。余人に立ち会っていただくことはできかねます」

「さよか、ほな、ここで待ってるわ。早うしてや」

慈鎮斎は苛立ちながらも部屋に戻り、なんとか占いを終えた。「未来宝典」を開いた江戸家老は思っていたとおりの結果に満足し、大金を置いて帰っていった。つぎの客が来るまでにはまだ間がある。

(下働きがおらぬとやりにくいな……)

今更ながらに丈太郎がいない不自由さを感じずにはいられなかった。客の情報が集められないと、「占い」に差し支えるのだ。しかし、しばらくはひとりで乗り切らねばならない。慈鎮斎は控えの間の方にちらと目をやった。下っ引きに会うのは気乗りしなかったが、お上の調べがどこまで進んでいるかも気になる。あきと丈太郎の死体はまだ見つかっていないのだろうか……。

「伊太郎さん、どうぞお入りください。私も忙しい身。わずかな時間しか割くことはできませんが、それでよかったら……」

「かまへんかまへん。ほな、入れてもらうわ」

伊太郎はへらへら笑いながら座布団のうえにどっかと座り込んだ。

「ええお座布やな。お尻が沈みそうや」

慈鎮斎が相対して座り、

「さて……河津屋さんの件については昨日お話ししましたとおりなにも存じ上げませんが、まだなにか……」

　と言いかけたとき、伊太郎はいきなり十手を抜いて、その先端を慈鎮斎に突き付けた。慈鎮斎が驚いて、

「なにをなさる！」

「へへへへ……ええ十手やろ。昨日あつらえたのが今さっきできあがったのや。できたてのほやほや、ゆうやつやな」

「たいそう立派な十手でございますな」

「そやろ、大金張り込んださかいな……」

　伊太郎が見せびらかすように十手を振り回したので、

「あの……今日は十手自慢に来られたわけではありますまい。なんのご用でしょう」

「それやがな。昨日、来たときに言うたやろ。河津屋の主が殺されて、お内儀がおらんようになった、て」

「はい、うかがいましたが……」

「お内儀の行方はいまだに知れんのや。お奉行所も八方手を尽くしたけどな、どこにも見当たらん。主人が死んで、お内儀もいない、では店が潰れてしまう。そこでわた

いはふと思い出したのや。――あんた、百発百中の占い師やて言うとったな」

「はあ……そう申しましたが、それはつまり……」

「それやったら話が早いわ。河津屋のお内儀がどこにおるか、占うてくれ」

　慈鎮斎は呆れて、

「占いにはいろいろと支度が必要で、そうやすやすと占うことはできません。まずはその失踪したお内儀についてあれこれ調べなくては……。名前も生年月日も生国もなにもわからないのですから」

「それやったらわたいが全部教えたる。心配いらん」

「私の占いは神鏡と『未来宝典』という帳面を使うのですが、それだけでなく人相や手相も加味いたします。お会いしたことのない相手だとそれができません。本人のことだけではなく、父方、母方の先祖にまでさかのぼって調べたり……」

「ごちゃごちゃ言わんと、いっぺん占ってえな」

「失礼ながら、占いは私の商売です。タダで、というわけにはまいりません。昨日も申しましたとおり、私の占いの料金はかなり高額につきますが……」

「なんぼや」

「最低でも一回十両はいただきます」

「十両？」

母親が内緒で菱松屋の出店に送金してくれた小遣いの残りがちょうど十両あるが、それを出してしまうとすっからかんである。

「十両か……。そこを五両にまからんか」

「無理でございますな」

「お上の御用やで」

「十両出せないならよその占い師にお頼みなさいませ」

「そうか。けど、もしわたいが十両出して、あんたの占いが当たらんかったらどうしてくれる？」

「そのような気遣いはありませんが、万が一当たらなかったら、代金はお返しいたしましょう」

「ふーん……わかった。それやったら……」

伊太郎はふところから財布を出し、そのなかから小判を取り出して慈鎮斎のまえに置いた。

（まさかこの上方野郎が十両出すとは……）

こうなった以上、もはや断ることはできない。

（ええい……ままよ！）

慈鎮斎は覚悟を決めた。

「それではお望み通り占ってさしあげましょう。そのお内儀のことを詳しく教えてくだされ」

伊太郎が帳面を見せると重々しくうなずいた慈鎮斎は、

「では、しばらくのあいだ、ひとりにしてもらえますか。支度ができあがったらお呼びします」

「ここでその支度を見せてもらいたいのやけど……」

「それは困ります。いろいろとその……秘儀がありますので……」

「さよか……」

あっさり納得して控えの間に下がっていった。慈鎮斎は煩悶した。あきの居場所（つまり死体のありかということだが）を教えてやるべきかどうか……。

（ここで当てなければ、俺は占い師としての評判が下がる。あの野郎は俺のことを、イカサマ占い師と言い触らすかもしれねえ……）

慈鎮斎は決断した。大急ぎで「未来宝典」を開き、筆を取って、そこに「松に鶴」と書き入れた。そして、その頁の裏に薄い木片を貼り付けた。

（これでよし……）

硯と筆を見えないところに片づけると、

「伊太郎さん、お待たせいたしました。どうぞお入りください」

「なんや、もう支度できたんかいな。えらい早いな」

「私は今から、この神鏡に向かって祈禱をいたします。私の後ろにお座りいただき、両目を閉じ、お内儀の居場所について念を凝らしてください」

そう言って机のまえに座り、鏡をじっと見つめながら、呪文を唱えはじめた。しばらくすると、

「なに言うてるかよう聞こえんなあ。もうちょっと大きい声で頼むわ」

（やりにくい……！）

慈鎮斎はカッとしたが、怒りを抑え、少し声を大きくした。

「ははは……これでよう聞こえる。なんせ十両払とるのやから、呪文もちゃんと聞かせてもらわんとなあ……」

慈鎮斎は占いに集中しようとした。そして、

「鏡よ鏡よ鏡さま、真実に会わせてくだされ。そうっと会わせてくだされ……」

のセリフとともになんとか祈禱を終えると、伊太郎に向き直り、

「終わりました」

「え？　終わったか。いやあ、おもろかったわ。ゲラゲラ笑いそうになった」

　慈鎮斎はムッとしたが、

「どうぞ、『未来宝典』を開きあそばせ」

　そう言うと木を伊太郎に手渡した。

「これを開いたらええの？」

「そうです」

「どこでもええの？　適当にパッと開いたらええの？」

「はい。祈禱の効がこの場を覆っているあいだにお願いします」

「うーん、なんかどきどきするなあ……」

「さあ、早く」

「一遍しかあかんのか？　何遍も開いたり閉じたりしたら……」

「ダメです。まごまごしていると霊験が消えてしまいます。十両が無駄になってしまいますよ」

「そらえらいこっちゃ。ほな行くでえ……」

　伊太郎は「木来宝典」を開いた。

「ふーん……『池に白竜現る』か。なんのこっちゃ」

　そんなことを書いた覚えはない。慈鎮斎は宝典をのぞき込んだ。たしかにそこには「池に白竜現る」という文章がある。かなり昔に書いたものですっかり忘れていたようだ。

「それではありません。その隣です。『松に鶴は悲し』とあるでしょう。それが此度の占いです」

「『松に鶴』ゆうたら花札の一月の二十文札の絵柄やがな。お内儀はどこかの賭場で花札でもしてる、ゆうんか？」

「いえ、『松に鶴』は花札とはかぎりません。古来、『梅にウグイス』『竹に雀』『牡丹に唐獅子（からじし）』……などと同様の『付きもの』のひとつでしょう」

「けど、『松に鶴は悲し』だけではなんのことかわからんがな。なんでもっとずばり『どこそこにいてるで！』と教えてくれんのや」

「占いというのはそういうものです」

「厄介やなあ」

「私なら、この界隈の松林を探しますね。松林は死体を隠すにはもってこいだ」

「ほほう……あんたは河津屋のお内儀がもう死んでる、と……」

「い、いや、もしもそうだとしたら、という話です。『悲し』とありますから……」

「なるほどなあ。このあたりに松林はあるか？」

「そうですね……不忍池のまわりや寛永寺の境内にはありますが……そう言えば不忍池にたまさか鶴が下りるとは聞いたことがございます。もしかするとその横の『池に白竜現る』というのも不忍池を指しているのかもしれませんな」

「ほな、まず今から不忍池に行こか」

「ご苦労さまです」

「はあ？　あんたも一緒に行くのやで」

「どうして私が……」

「あんたが出した占いや。間違うてたら十両返してもらわなならん。ふたりで見届けよ」

「そ、それは迷惑千万……」

「なんでやねん。あんたの占いの結果やで。自信があるなら一緒に行ってもかまわんやろ」

「もうすぐつぎの客が来られます。時間がないのです。そのお客の占いを終えたあとでは……」

「ほな、あんたの占いが当たらんかった、とわたいが騒いでもかまへんのやな」

「それは……困りますが、当たるも八卦、当たらぬも……」

「百発百中と言うたやないか。当たるか当たらんかわからんような占いにだれが十両も出すのや。あー、わかった。もし、わたいと一緒に不忍池に行って、なにも見つからんかったら、言い逃れができん。わたいひとりで行ったら、あんたの探しようが悪い、と言うつもりやろ。言うとくで。わたいは十手を預かる身や。それをたばかったとなったら、あんたもただではすまんで」

一番たちの悪い客である。占いが当たることはもうわかっているのだ。

「わかりました……。ご一緒しましょう」

そのとき、

「先生、そろそろ私の時刻ではございませんか」

そんな声がした。

「ああ、渡海屋(とかいや)さん……」

生魚問屋の主だが、どうすれば公儀のご用達になれるのかを知りたくて、しばらくまえから慈鎮斎のところに通っている。慈鎮斎は伊太郎に、

「客が来られましたので、不忍池に赴くのはそのあと、ということで……」

「そうはいかん。あんたが占うたのや。責任取ってもらわな困る」

慈鎮斎としても、この下っ引きがあきと丈太郎の死体を見つけるかどうか、そのときどんな反応を示すか……が気になって仕方がない。部屋の外に出ると、

「すいません、渡海屋さん。じつは今日、もう一件お客さまがあるのを忘れておりまして、渡海屋さんにはもうしばらくお待ち願わねばならないのです」

「もうしばらくとはどれぐらいですか」

「一刻（二時間）ほどでしょうか……」

「困りましたな。仕事の都合がありまして、長居ができぬのです。しばらく来ることができませんし、例の壺は今日いただきたいのですが……」

（壺……？）

伊太郎はその言葉に耳をそばだてた。

「それなら壺だけでも先にお渡しいたしましょう。これをどうぞ。占いはまた日を改めて、ということで……。ご足労いただいてまことに申し訳ありません。ですが、先日お会いしたときと人相に変化がある。ご公儀ご用達になられる日も近いかもしれませぬぞ」

適当なことを言って喜ばせ、帰らせてしまう。

「ほな、行こか」

伊太郎は、「割り込んですまんなあ」の一言もなく、当たり前のように先に立って歩き出した。

弁天堂のある島へかかる小橋の東側には鬱蒼とした松林が広がり、道を挟んで土手の方には出会い茶屋が並んでいる。どれも二階建てで、訳ありの男女が密会するための場で、御殿女中、商家の後家、僧侶、歌舞伎役者……などがよく利用する。普通の茶店も数軒あって、春は花見客、冬は雪見の粋人などに使われる。ふたりは道に沿って池の周りを歩いたが、なぜか十数人が一カ所にかたまってわあわあと騒いでいる。

慈鎮斎は一瞬、

（首吊りが見つかったのか……）

と思ったが、そうではないらしい。皆は池の水面を指差しながら声を上げているのだ。

「なにかあったんか」

伊太郎が野次馬のひとりにきくと、

「竜神さまがご降臨なされたのじゃ」

老婆が手を合わせている。

「そんなあほな」

ふたりが池をのぞき込むと、枯れた蓮の合間に白くて長いものが揺蕩っているのが見えた。風が吹いてさざ波が立つと、ゆらゆらと揺らぎながら浮いたり沈んだりを繰り返している。たしかに白竜のようにも見える。しかし、慈鎮斎にはそれがなんであるかすぐにわかった。それは、あきの死体を包んだ晒であった。

（水を含んで沈むと思っていたが、浮いてきたか……）

舌打ちして、

「ただの布切れのようですよ。だれかが捨てたんでしょう。昔からこの池には竜神が住むというが、竜神の正体見たり布晒というところですな」

まわりに聞こえるようにそう言ったが、だれひとり立ち去ろうとしない。伊太郎が笑いながら慈鎮斎の背中をバーン！　とどやしつけ、

「あんたの占い、当たっとるやないか！　たいしたもんや」

しかし、慈鎮斎はなんとなく嫌な気分だった。彼は占い師と名乗っておきながら、占いというものを信じていない。いや、毛嫌いしている、憎んでいる、といってもい

い。自分がやっていることは一から十まですべて制御していたかったのだ。

（ただのまぐれだ……）

　慈鎮斎がそう思おうとしたとき、野次馬のひとりが、

「ああ、寒いから小便がしたくなったぜ。この池にしてもいいかな」

　隣にいた友だちらしき男が、

「馬鹿野郎、この罰当たりめ！　竜神さまに向かって小便なんかしてみろ。あそこが腫れ上がるぜ！」

「ひえっ、そいつは困らあ。どうすりゃいい？」

「あっちの松林のなかでやんなよ」

　そう言われて、男は松林に駆け込んでいったが、すぐに猛烈な勢いで戻ってきた。顔が青ざめている。

「えらく早いじゃねえか。蛇でもいたか」

「つ、つ、つりだ」

「釣り？　林のなかでかよ」

「そうじゃねえんだ。首……首つりだ！」

　大騒ぎになった。野次馬たちの大半は、男を先達にして松林にぞろぞろ入っていっ

た。伊太郎と蕊鎮斎も彼らに続いた。

「これだよ、これ！」

一本の松から伸びる太い枝に女の死体が、べつの枝に男の死体がぶら下がっている。

「ひゃああっ」

気の弱い連中は悲鳴を上げ、なかには尻もちを突いたものもいる。伊太郎が、

「またまたあんたの占いが当たったなあ。『松に鶴』……松に首吊る、ゆうことやったんか。なるほど、十両の値打ちはあるで」

二日経っても、ふたりの死体はほとんど変わらぬ状態のままだった。蕊鎮斎は目を逸らしながら、

「いや……驚きました。この女は知りませんが、こっちの男には見覚えがあります」

「なんやと？　あんたの知り合いか？」

「はい……給金のことで揉めて出ていった下男というのがこの男です。まさか、こんなところで心中しているとは……」

近所の連中にたずねられたら、彼の下男、とわかってしまう。それぐらいなら先に言っておいた方がいい。

「心中？　なんで心中やとわかる？」

「自分の帯で首を吊ってるんです。それに、仲良くつないだ手がほどけないように、帯留めで結わえてある。心中に決まっているでしょう」

「この男、なんていう名前や？」

「丈太郎です。よく働いてくれましたが、金に困っていたのか、給金を三倍にしてくれ、などと言い出したので断ったら、捨て台詞を吐いて出ていきました。博打好きが玉に瑕で借金が方々の賭場にあるようでしたが……」

「こっちの女に心当たりはないか？」

「さあ……まるで知りません。見たところ、商売女や囲いものではなさそうですな。身持ちが固そうで裕福そうななりをしてますから、どこかの商家のご寮人のようで……」

「この下男に女の噂はなかったか？」

「心中するような相手がいるなんて聞いたこともありませんね。通いの奉公人だったので昼間しか顔を合わせませんし……」

「あんたの占いを信じるならば、こっちの女は河津屋のお内儀ゆうことになる。これはおもろなって……いや、えらいことになってきたなあ」

伊太郎は十手を抜いて野次馬たちに示し、

「わたいはコレや。だれか寛永寺の寺務所に報せにいってんか。それともうひとり、横山町の河津屋ゆう呉服問屋に使いに行ってくれへんか。番頭かだれかを至急、不忍池まで寄越してもらいたいのや」

一丁嚙みしたがるおっちょこちょい二名が名乗りを上げ、寺務所と河津屋へ走ってくれることになった。慈鎮斎は、

「それでは私はこれで失礼します。つぎのお客が来るころですので……」

「わかった。ほな、また今度……」

頼むから来ないでほしい、と思いながら慈鎮斎はその場を離れた。

たちまち池之端（いけのはた）は大勢でごった返すことになった。寺務所から町奉行所に連絡が行き、小者を数人従えた同心たちがおっとり刀でやってきた。河津屋からも一番番頭の平助（へいすけ）が丁稚をつれて駆けつけ、女をひと目見るなり、

「お内儀さん、どうしてこんなことに……」

と泣き崩れたが、伊太郎はそれが嘘泣きだとすぐに見破った。伴次も現れ、伊太郎を見るなり陰に引っ張っていくと、

「なにしてるんです、若旦那」

「見たらわかるやろ。捕物や」

「馬鹿なことを……その妙な十手はなんなんです」

「あっはっははは……ええやろ？」

「いいとか悪いとかじゃねえんです。俺に内緒で妙なものをこしらえねえでくだせえ」

「ひゃひゃひゃひゃ……おまえのよりずっと立派や。紫の房ゆうのは聞いたことあるけど、金の房やで」

「そんなもの勝手に作ったら、八丁堀の旦那方に大目玉を喰らいますぜ」

「心配いらん。洒落やがな」

「金房の十手なんか洒落にならねえ。お奉行さまより偉そうだ」

「とにかく詮議や詮議。馬喰町の親分、ついてこい」

「どっちが親分だかわからねえ。素人が御用をおもちゃにしちゃいけません」

「おもちゃになんかしてへん。わたいはマジやで」

「だからよけいに困るんだ……」

町奉行所の小者たちの手によって、ふたつの死体は松の木から降ろされ、池に浮い

ていた布も引き揚げられた。同心の石部金太郎は伴次を呼び寄せると、不機嫌そうな声で、

「相対死はお上の法度。おそらく河津屋の内儀あきが寺参りと称してこの男と出会い茶屋にて不義密通していたのを三左衛門に知られたので刺し殺した。その後、逃れられぬと思ってここで首をくくったに違いない。検使の診立ても、『たがいに帯にて首をくくり合い、縊死したるもの』とのこと。汚らわしい話だ。わしは手を引く。おまえは、この女が丈太郎と逢引きしていたという裏を取れ。それさえ済んだら、おまえも手を引くがよい」

心中は重罪で、死体は「遺骸取捨」の扱いとなり、きちんと埋葬することも許されない。河津屋の番頭と丈太郎の住んでいた長屋の家主が、それぞれの町名主付き添いのうえ町奉行所に出頭し、今後の扱いについて沙汰を受けることになる。

「へえ……そういたします」

伴次は伊太郎のところに戻った。伊太郎は死体の横にしゃがみ込み、なにやら首のあたりを熱心に調べている。

「若旦那、あとは面白くもねえ仕事だから帰っていいですよ」

「面白くない仕事て、なにするのや」

「そこの出会い茶屋を片っ端から回って、このふたりが来ていたかどうか調べるんです。石部の旦那のおっしゃるには、河津屋の内儀がこの男と不義密通していたのがバレたんで三左衛門を殺し、井戸に投げ込んでからここで心中した、と決まったそうで、あとは裏を取るだけ。出会い茶屋の客なんてものは男は編み笠、女は御高祖頭巾で顔を隠してると相場が決まってる。茶屋の方もなるべく客の顔を見ねえのが礼儀だ。だから、こいつらが来ていたかどうかなんかわかるわけねえ。要するに、これで御用は終わりってことです」

「なんでや。まだなんにもわかってないやないか。この丈太郎ゆう男と河津屋のお内儀がいつどこで知り合ってここまでの深間にはまったのかもわからんし、それに……ほら、見てみ。首のまわりに帯の型がついてる。けど、喉のところに紫色の跡がいくつかついてるやろ。これはたぶん指で強く押した跡や。手で首を絞めて殺したあとで帯を巻いて、首吊りしたように見せかけたんやと思うのや」

「そんな跡はなにかのはずみでつくことがあるでしょう。若旦那は、あきを殺したのは丈太郎……つまり、無理心中だと言いてえんですか」

「そうやない。ふたりを心中に見せかけて殺した下手人がほかにおる、と思うのや」

「そいつはいってえどこのどいつで？」

「心当たりはあるけど証拠がない。――まあ、おまえは出会い茶屋を回っとれ。わたいはわたいで勝手に調べるわ。なにしろ今回の一件については元手がかかってるさかいな。十手に五両、占いに十両……ほな、さいなら」

「あ、若旦那、勝手なことしちゃダメですってば……」

しかし、伊太郎はすたすた行ってしまった。

「もう、しょうがねえなあ！」

伴次は地団駄を踏んだがどうにもならず、あきらめて茶屋に向かって歩き出した。

## 5

その日の夕方、伊太郎はふたたび慈鎮斎のところへ現れた。慈鎮斎はげんなりしながらも、造り笑顔で出迎えた。

「やはりあの死体、河津屋のお内儀だったそうですね。お内儀とうちの下男の心中ということでケリは付いて、お役人方は引き揚げた、と聞きましたが、まだなにか……？」

「じつは今の今までこの界隈を丈太郎について一軒一軒きいてまわってたのや。疲れたでー」

「なにかわかりましたか」

「そやなあ……たまーに『見たことあります。占い屋の奉公人でしょう』と言うもんがいたさかい、丈太郎があんたとこの下男やった、ゆうのは間違いない。せやけど、おあきさんを見かけた、ゆうもんはひとりもおらんのや」

「骨折り損のくたびれもうけ、というやつですね。『未来宝典』を開けなくてもわかりますよ」

「丈太郎はおあきさんの話、これっぽっちもしてなかったんか？」

「はい。――私もうかつでした。そんなだいそれたことをしでかしていようとは……」

「けど、心中するぐらいの仲やさかい、たびたび会うてたはずやが、ほんまにここには来てなかったんか？　ご大家のお内儀ともなれば大っぴらに外出もできかねたやろ。名前を変えて来てはったとか……」

「今日の昼間に死に顔を見たかぎりでは、まるで見覚えはございません」

「そうか……それは残念やな。あんたが知らんということは、よほど秘密にことを運んでたのやろな」

「でしょうね。実直な男だと思っていたのですが、私もすっかりだまされました」

「けど、占い師の下働きと大店のお内儀がどこでどういう具合に知り合うたのやろか」

「私にきかれましても……。さっきも申しましたが、通いの奉公人でしたので、ずっと見張っているわけでもございません」

「推測だけでもええねん。聞かせてもらえんか」

「私はあなたから、行き方知れずになった河津屋のお内儀がどこにいるかを占ってほしいと頼まれたゆえ、いつものとおり神鏡に向かって祈禱をしたまで。『未来宝典』をめくったのは伊太郎さんご自身ではありませぬか。その結果、幸いにもお内儀の居場所を言い当てることができたのです。それ以上のことはわかりません」

「けどなあ……大店のお内儀と占い師の下男……どう考えても接点がないのや。これがまあ……相手があんたやったとしたらわからんでもないけどな」

「なにをおっしゃいます」

「あんたはシュッとした色男や。女にもてるやろ。河津屋のお内儀があんたに会うてたら、きっと惚れてたと思う」

「いい加減なことをおっしゃる。なんと言われようと、私はあきなどという女は知りません！」

「冗談やがな、怒りなはんな。けど、どうもわからんことがひとつあるのや」

「なんです？」

「三左衛門はなんでお内儀が不義密通してるてわかったんやろか」

「さあ……もしかしたら伊太郎から来た文でも見つけたのかもしれませんね」

「けど、お内儀の部屋にはそれらしい手紙も日記もなーんにもないのや。あったのは、なんか安もんの小さい壺ぐらいのもんやった」

　壺と聞いても、慈鎮斎は表情を変えず、じっと伊太郎を見つめている。伊太郎はしばらく黙っていたが、

「邪魔したな。また来るわ」

　そう言うと、部屋を出ていこうとした。慈鎮斎が安堵の吐息を洩らしかけた瞬間、伊太郎は振り返り、

「そう言えば、お内儀の死体やけど、帯の跡の下に手で喉を絞められたような跡があったらしい。心中に見せかけて殺された、ゆう筋もわたいとしては捨てがたいのや」

「まだ、そんなお疑いを……。そんな跡は、帯の巻きつけ方とか身体の重みの掛け方とか……なにかの拍子につくこともあるんじゃないでしょうか」

「馬喰町の親分もそう言うとった……。けど、これは心中や、ていうたしかな証拠が

出てこんかぎり、八丁堀の旦那が手を引いても、わたいはあきらめへんつもりや」

伊太郎はよほどしつこい性格のようである。

「まさか私を疑っているんじゃないでしょうね。私は、そのおあきさんというお方を本当に存じ上げないのです」

「いやー、わかってるわかってる。ほな、今度こそほんまに失礼しまっさ」

慈鎮斎は去っていく伊太郎をにらみつけた。

（心中だという証拠、か……）

やがて机についた慈鎮斎は筆を取ると、紙になにやら書き付けはじめた。そして、その日の深夜、頬かむりで顔を隠すと家を出ていった。

翌朝、伊太郎は伴次と相対して朝食を食べていた。おぼんがふてくされて給仕をしないので、伊太郎と伴次はお互いに飯をよそいあっている。一汁一菜、と言いたいところだが、「一菜」はなく、出汁（だし）のきいた豆腐と白ネギの味噌汁だけをおかずに熱い飯をかっこんでいる。伴次が、

「珍しいいね。若旦那がこんなに早起きするなんて、雪でも降るんじゃありませんか？」

「今手掛けてる御用がおもしろいさかい、つい張り切ってしまうのや」

「手掛けてるっていう言い方はやめてくだせえ。若旦那は勝手にやってるだけですから……」

「かまへんやないか。あとちょっと、いうところまで来てるのや」

「本当ですか？」

「わたいは嘘は言わん。おまえの方はどや」

「出会い茶屋を残らず廻ったが、河津屋の内儀と丈太郎について知ってるものはいねえや。だいたいああいうところの連中は口が堅くってね、客のことをぺらぺらしゃべるやつなんざおりません。――もし、若旦那がマジで『あとちょっと』なら俺も手を貸しますぜ。お奉行所の旦那方は、これで幕引きにするっておっしゃってるんで……」

「それについて相談があるのや」

　飯を食いながらなんやかやと話をしていると、

「もう、あんたたち、いいかげんにしとくれよ！　いつまでくっちゃくっちゃ食べてるんだね！　お膳が片付かないじゃないか！」

　伴次は膳に茶碗や汁椀(しるわん)などを載せたが、伊太郎はそのまま二階へと上がっていく。

ブチ切れたおぼんが、

「あんたねえ、居候なら食器の片付けぐらいしたらどうなんだい！　あっ、また……おひつが空じゃないか！　上方の贅六（ぜいろく）（田舎者）のこたぁ知らないけど、江戸じゃあ朝炊いたおまんまを昼、晩と食べるんだ。これじゃまた炊かなきゃならない。どうしてくれるんだよ！」

しかし、伊太郎の返事はない。おぼんはキッと伴次に顔を向け、

「あんた！」

「な、なんだよ……」

「イソ公、母親からけっこうな仕送りをもらってるそうじゃないか。いくらかうちにも入れてもらうわけにはいかないのかい！」

「近所に聞こえらあ、もうちいっと小さな声で……」

「大きな声は地声さね。三度三度タダ飯食わしてるんだ。おかみさん、これは少ないですが家賃の足しに……と金をくれてもバチは当たらないと思うがね！」

「わかったわかった……」

伴次がおぼんをなだめていると、二階からそしらぬ顔で降りてきた伊太郎は、金房の十手を帯に差すと、

「ほな、行こか。どこかで雷が鳴ってるからひと雨来そうやなあ」

そう言って家を出ていった。伴次はつらそうに笑うと、そのあとを追った。

慈鎮斎は箒で玄関を掃除しながら、その日に来る客たちにどう対応するかをあれこれ考えていた。

(とにかく泣いても笑ってもあと二百両稼がねばならぬ。手もとの百両と合わせて三百両を団扇屋扇兵衛に渡せば、富士見太夫を身請けできる。太夫を仲介役の奏者番遠藤新九郎さまにお渡しすれば、卜占方の主任を務めることができるのだ。あの伊太郎とかいう下っ引き、まだ私を疑っておるようだが、負けるわけにはいかぬ……)

たとえ石にかじりついてもやり遂げるしかない、と慈鎮斎が心に誓ったとき、

「占いの先生、いてなさるかい?」

そう言いながら表から入ってきた男がいた。顔を上げると、一度だけ来た岡っ引きの馬喰町の伴次とかいうやつだ。朝から「味噌がついた」ようでうんざりだったが、

(まあ、あの伊太郎とかいうやつよりはマシだ……)

思い直して慈鎮斎は笑顔を作った。

「これはこれは馬喰町の親分さん。伊太郎さんにはいろいろとお世話になっておりますが、今日は親分さん直々のお出ましとはどういうご用件でしょう」

伴次は頭を掻き、

「いや、なに、ね、今度の一件、お上から十手を預かる身としては恥ずかしい限りだが、行き詰まっちまってどうにもこうにも向こう先が見えねえ……」

「ほほう」

「俺ぁ河津屋の内儀が先生のところの丈太郎と間男していて、共謀して河津屋の主を殺した、とにらんだんだが、その証拠がねえ。このあたりの出会い茶屋を逐一調べても、ふたりを見かけたってやつが皆無なのさ。このままじゃお内儀と丈太郎を罪に落とすことができず、河津屋三左衛門が浮かばれねえ。というわけで、すっかり困っちまってね……それで、ひょいと先生のことを思い出したんだ。言いにくいんだが、お内儀と丈太郎が不義を働いていた動かぬ証拠ってやつがどこにあるのか占ってもらえねえかね。伊太郎が、先生の占いは百発百中、一度も外れたことがねえって言ったもんでね」

「うーむ……そうですなあ……」

「もちろんタダでとは思っちゃいねえ。ただ……ふところがさびしくってね……。伊太郎の話じゃ先生の占いの相場は十両だそうだが、今、八両しか持ち合わせがねえ。当節の目明しなんざだらしねえもんで……」

　慈鎮斎はにっこり笑って、

「よろしゅうございます。ほかならぬ親分さんの頼みだ。八両で占ってさしあげましょう」

「ほ、ほんとかい？　そいつぁありがてえ！」

　慈鎮斎は内心、

（しめしめ……）

　と思いながら、

「では、そちらにお座りいただき、目をつむり、手を合わせて、私の祈りに合わせてこのご神鏡に念を送ってくだされ」

「どんな念だね？」

「河津屋内儀あきと丈太郎不義の証拠のありかを教えたまえ……と願うのです。決して目を開けてはなりませんぞ」

　そう言うと鏡に向かって座り、祈禱をはじめた。伴次はその後ろに控え、目を閉じて両手を合わせた。

「鏡よ鏡よ鏡さま、真実に会わせてくだされ。そうっと会わせてくだされ……」

祈禱が終わり、慈鎮斎は伴次に「未来宝典」を手渡し、

「どうぞ、好きなところを開いてくださいませ」

伴次は、うんしょ……とある箇所を開き、そこに書かれていた言葉を読み上げた。

「えーと……『ひとを呪はば穴ふたつ』か」

慈鎮斎は耳を疑った。

「馬喰町の親分さん、ちょっと祈禱がうまくいっていなかったようです。申し訳ないが、もう一度やってみてください」

「え？　もっかいやるのかね？」

伴次は一旦「未来宝典」を閉じると、

「うんしょ……！」

と掛け声を掛けつつ、ふたたび本を開いた。

「やっぱり『ひとを呪はば穴ふたつ』だぜ」

「そ、そんな馬鹿な……」

慈鎮斎は「未来宝典」をひったくり、自分でやってみた。伴次が目をつむっている隙に木片を挟んだ箇所をわざと開こうとしたのだが、なぜか指が滑り、開いた箇所に

記されていたのは、やはり、

ひとを呪はば穴ふたつ

だった。その隣には、

北国燃えて手中の珠(たま)を失ふ

と書かれていた。どれもかつて慈鎮斎が書いたものにちがいないが、今、彼が伴次に開かせようとしたのは、

丈が家を探すべし

という一文が書かれた箇所だったのだ。しかし、どうしてもその頁を開くことができない……。

（なぜだ……）

そのとき慈鎮斎は師匠愚鈍の「あらゆることは世界ができるまえから決まっており、占い師はそれを観るだけ。小賢しい知恵で、その結果を曲げることはできない」という言葉を思い出していた。

（いや……俺は結果を曲げてみせる……）

慈鎮斎は伴次に、

「どうも『未来宝典』の調子が悪いようですので、神鏡を使ってみます。もう一度、目を閉じ、手を合わせ、証拠のありかを教えたまえ、と念じてください」

伴次は言われたとおりにした。慈鎮斎は短い祈禱のすえに、

「やっとわかりました……。『丈が家を探すべし』と出ました」

「丈が家……？」

「おそらく丈太郎の家、ということでしょう。あの男の住まいは、ここのすぐ裏にある長屋の一軒でした。さっそく参りましょう」

「先生にご足労いただくなんてもったいねえ。俺ひとりで見てきまさあ」

「いや、私が随伴した方がよろしかろう。どうぞお気になさらず……」

「そうですかい？」

ふたりは裏通りの長屋の木戸をくぐった。丈太郎の家はがらんとしており、ほとん

ど家財らしい家財もなかった。部屋にはかまどと水瓶(みずがめ)、煙草盆、わずかな食器や調理道具、行灯、着物と夜具があるだけだ。七輪も火鉢もない。空の一升徳利が転がっており、いかにも独り身の男のわび住まいといった風だった。伴次は隅々まで調べたが、時間はほとんどかからなかった。

「なにもねえな……」

「そんなはずはありません。占いは嘘をつきませんから」

慈鎮斎は自信たっぷりに言った。

「けど、見てのとおりだぜ。畳も敷いてねえ。押し入れも簞笥も水屋もねえ。ものを隠そうにもそういう場所がねえんだ」

「ちょっとお待ちください。これはなんでしょうか……」

慈鎮斎は土間に降りると、かまどの下の灰のなかから一枚の紙を拾い上げた。なにか文字が書かれており、半ば焼け焦げているが、一部は読めないこともない。伴次はそれを受け取り、

「ひでえ字だな。えーと、なになに……恋しい恋しいおあきさま……先生、こいつは丈太郎からおあきへの恋文だぜ！」

「やはりあったでしょう、動かぬ証拠が」

「いっそこの世で添えねばあの世にて夫婦となり……蓮の台で仲良う手を取り……不忍池の端にて今宵お待ちいたすゆえ……河津屋あきさま参る……ぢやうたらう。間違えねえな。こりゃあ心中の呼びかけだ。たぶん書き損じたのをかまどの焚き付けにして燃やしたんだ。たしかにこいつは動かぬ証拠。先生、八両払った甲斐がありましたぜ」

伴次はその手紙を懐紙に包むとふところに入れた。慈鎮斎は莞爾と笑い、

「お役に立ってなによりです。では、私はこれで家に戻らせていただきます」

「すまねえが俺も一緒に行っていいかね。先生の口書きを取って、それに爪印を押してもらいてえんだ」

「承知しました」

丈太郎の家を出たころからぽつり、ぽつりと大粒の雨が降り始めた。ふたりは早足で歩きながら、

「忙しいところをいろいろとすまなかったが、先生のおかげでどうやら片付いたようだ」

「私とは関わりがないとはいえ、うちの奉公人だった男がからむ一件です。助力は惜しみません。こうしてふたりの死が心中によるものと明らかになったのですから、あ

とは早く成仏してもらいたいものですな」

「そうだねえ」

「これで、あの伊太郎というひとも心中だと納得してくれるでしょう。ここだけの話、あのお方は、親分とは大違いの頭の固いご仁で……」

　雨は次第に本降りになり、遠くで雷の音も聞こえてきた。ふたりは走り出し、慈鎮斎の家にたどりついた。慈鎮斎は戸を開けると、まっすぐ奥の間に向かった。部屋に近づいたとき、あることに気づいて慈鎮斎は不審げに眉根を寄せた。出かけるときに消しておいたはずの燭台の明かりがついている。あわててなかに入ると、伊太郎がしゃがみ込んでいる。

「そこでなにをしている！」

　慈鎮斎は声を荒げた。伊太郎は振り返って立ち上がり、

「証拠を探してたのや」

「証拠なら、あんたの親分さんが見つけなすったよ、丈太郎の家でね」

「それは、お内儀と丈太郎が心中した、ゆうやつやろ？　わたいが探してるのは、お内儀とあんたが知り合いやった、という証拠やねん」

「そんなものがありましたか」

こめかみがひくひくしているのが自分でもわかった。

「ないわ。上手いこと隠しとるなあ」

「隠すもなにも、そんなものは最初からありません。それよりも、丈太郎の家から証拠が見つかったのだから、この事件は心中と決まったんです。お引き取り願いましょう。もう二度と来ないでください」

しかし、そのとき後ろで聞いていた伴次が言った。

「いや、俺が見つけたこの手紙は、心中の証拠じゃねえよ、先生。あんたがお内儀と丈太郎殺しの下手人だ、という証拠さね」

慈鎮斎は伴次をにらみ、

「どういうことだ」

「俺はね、昨日の昼、丈太郎の長屋に行って、大家の立ち会いのもとで家捜しをしたんだ。床板を剝がして根太まで調べたよ。もちろんかまどの灰もね。ところがなにもねえ。なにもなかったんだ。それなのに……どうしてさっき、灰のなかからこんなものが見つかったんだろうね」

伴次は懐紙に包んだ焦げた手紙を取り出した。

「今日のあんたの占いで、あの家に証拠がある、となったんだ。昨日の昼にはなかったんだぜ。あんたがこしらえて、昨日の夜のうちに丈太郎の家のかまどの下に隠したとしか考えられねえのさ」

「はめよったな……。私をこの家から出ていかせて、その隙に家探しするとは……」

伊太郎が、

「はめたわけやない。あんたが勝手に墓穴を掘ったのや。なんもせんかったらよかったのになあ」

「わ、私は占っただけだ。だれかがその手紙を書いて、丈太郎の家のかまどの下に置いたんだろう。私は知らぬ！　なにも知らぬのだ！」

そう叫ぶと、慈鎮斎はいきなり伴次の腹を蹴り上げた。不意を突かれた伴次は悶絶した。慈鎮斎はつづいて伊太郎に殴りかかった。もみ合いになり、慈鎮斎は伊太郎の首を絞めようとした。伊太郎は必死で抵抗する。慈鎮斎は、伊太郎の顔面を両手でつかむと、鏡を置いてある木机に後頭部を何度も打ち付けた。伊太郎はなんとかその手を振りほどいたが、のらくらな若旦那の悲しさ、もう息が上がっている。

「ちょ、ちょっと待って……。休憩させてくれ……」

「なんだ、だらしのないやつだな」

慈鎮斎がそう言ったとき、

「あれ……？　あれはなんや？」

伊太郎は素っ頓狂な声を出した。その目は、鏡のなかに映っている「なにか」に向けられている。慈鎮斎は、

「でまかせ申して、ひとの気を逸らそうとしてはそうはいかぬぞ」

しかし、伊太郎は鏡を見つめたあと、首を曲げて天井を見た。慈鎮斎もつられて、天井を見やった。天井の梁に、細く、長い棒状のものが突き刺さっている。それが机のうえに置かれた鏡に映っていたのだ。

「火箸や……」

伊太郎の言葉に慈鎮斎は蒼白になった。

「天網恢恢疎にして漏らさず、というけど、ほんまやな。先生……この結末ばっかりはなんぼ占い名人のあんたにも占えんかったわけや」

ようやく立ち上がった伴次が、

「これで、ここに河津屋のお内儀が来ていたことは明白だ。先生、年貢の納め時だな」

「うるさいっ！」

慈鎮斎は匕首を抜いて伊太郎に斬りかかった。

「ひゃあっ！」

伊太郎は悲鳴を上げて飛び退き、伴次の後ろに隠れた。伴次は十手を抜くと、腕まくりをして、

「さあ、来やがれ！」

匕首を腰のあたりに構えた慈鎮斎は伴次に向かって突進したが、十手で匕首を叩き落とされ、脳天に一撃を食らわされると、その場に片膝をついてしまい、なんなく召し捕られてしまった。

「放せ！　放さぬか！」

縄をかけられても叫び、もがき、身体をゆする慈鎮斎に伊太郎はため息をついて、

「悪党なら悪党らしく、もうちょっと潔うできんかいな。往生際が悪いにもほどがあるで」

「なんとでも言え。私にはどうしてもやり遂げなければならないことが残ってる。それをやり終えねえうちは……」

「あんたがなんで往生際が悪いかわかってるで。――ほら、これやろ」

伊太郎は一枚の紙を慈鎮斎に示した。それは、身代金の内入れ証文だった。そこにはこう書かれていた。

身請け身代金内入れ証文の事。一ツ、其の方抱えの富士見ことくめなる傾城、未だ年季の内に候えども、諸事情ありて身代の残金千両を支払い、当方に下げ渡し下さるよう願い奉り候。その内入れ金として金七百両進上仕り候ゆえ、他人これより少なき額の前払いして富士見ことくめの落籍申し出たる際は必ずお断わり下さるべくお願い奉り候。

貰い主山本慈鎮斎雅彦

吉原団扇屋扇兵衛様

伊太郎は、

「家捜ししてるときに、小箪笥のなかから見つけたのや。つまりあんたは、吉原の団扇屋ていう妓楼にいる富士見太夫、本名をくめという女を身請けしとうて、大金を稼いでた、というわけやな。ひとのことは言えんけど女子に耽溺するあまり、悪事に手を染める、ゆうのは洒落にならん。遊びの域をはみ出しとる。なんぼその女に惚れてたとしても、やり方が強引すぎるわ。それに、占いを信じる信じないは客の勝手やけど、ひと殺しは人間としてあかんやろ」

慈鎮斎はがっくりと肩を落とし、

「そうではない……。富士見太夫は卜占方の主任になるための献上品なのだ……」

「女子を品物のように賄賂代わりに渡すというのは最低やないのか」

慈鎮斎はかすかに笑い、

「世の中には、金よりも女という連中がいるのだ。私もクソだと思うのだが……」

そのとき、ジャンジャンジャンジャンジャン……という激しい半鐘の音が慈鎮斎の言葉をかき消した。

「火事だあっ！」

「火事はどこだ」

「吉原だ！」

「そいつはいけねえ！」

そんな声を耳にした瞬間、慈鎮斎は伴次に体当たりして、取り縄で縛られたまま表に駆け出していった。

「あっ、待ちやがれ！」

伴次はあとを追い、伊太郎もそれに続いた。

◇

目のまえに巨大な炎があった。慈鎮斎、伊太郎、伴次の三人は呆然としてその赤くそびえたつ大木を見つめていた。黒煙が濛々と立ち上り、真昼の空を覆っていた。燃えているのは「団扇屋」一軒だけだった。江戸にはいろは四十八組の町火消がいるが、吉原が火事のときは廓内には入らず、傍観して鎮火を待つ定めになっていた。そのため吉原の大きな店はそれぞれ独自の火消人足を抱えていた。団扇屋抱えの火消たちは必死になって水をかけているが、火の勢いが強く、とても追いつかない。左右の店の火消たちは、類焼を避けるために、団扇屋の建物を鳶口やまさかりで壊しはじめた。

「富士見太夫……！」

慈鎮斎は建物のなかに走り込もうとしたが、伴次が縄の端をつかんで後ろへ引っ張り、

「もう無理だ。可哀そうだが……」

慈鎮斎は、「北国燃えて手中の珠を失ふ」という占いの意味をようやく悟った。北国というのは吉原のことなのだ。

眼前の建物が轟音とともに崩れ落ちた。

◇

伊太郎と伴次は、慈鎮斎を自身番屋に送り届け、定町廻り同心の到着を待った。すぐに石部金太郎が駆けつけて、簡単な詮議を行った。伊太郎と伴次も同席した。その結果、慈鎮斎は仮牢がある大番屋に移されることになった。

「でかしたぞ、伴次。わしも、あの一件は心中ではなく殺しではないかと思うていた」

石部はそう言うと、慈鎮斎を引っ立てていった。伊太郎と伴次は顔を見合わせて苦笑しながら番小屋を出た。

「ああ、アレも請け出されへんなあ」

「アレってなんです?」

「金房の十手や。占いの代金がいるさかい、質に入れたんや。三両しか貸してくれへんかったけど、当分すっからかんやから流れてしまうやろな」

「あんなもの持ってたらお咎めを受けます。流した方がいい」

「けど、十手がなかったら目明しとして幅が利かんやないか」

「だーかーらー、いつ目明しになったんです。御用聞きの真似事なんかしてることが親旦那に知れたら勘当が解けません。これっきりにしてもらいましょう」

伊太郎は大欠伸(おおあくび)をして、

「あーあ、退屈や。お茶屋買い切りにして、どんちゃん騒ぎでもしたろかな。おまえも一緒に行くか？」

「そんなお足がねえでしょう？」

「お父っつぁんの名前でツケにするのや」

「ぶるぶるぶる……そんなことしたら勘当が長引くどころか、俺まで叱られちまう。頼むからおとなしくしててくだせえ」

「おとなしく、二階でゴロゴロか？」

「それもまた困るんだよなあ……」

腕組みをしてため息をつく伴次を見て、伊太郎はけたけたと笑った。

# 七不思議なのに八つある

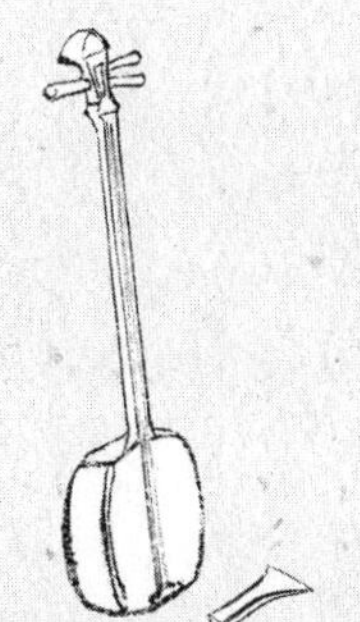

# 1

本所大横川の西岸には家屋が整然と並んでいるが、東岸には武家地のほか、田畑や寺院なども多い。このあたりは隅田川からも近いが、大小の掘割が縦横にある。今は大きな武家屋敷や商家の蔵なども軒を並べ、多くの船が堀を行き交う繁華な土地となっていた。とはいえ、夕方になって武家屋敷の門や商店の大戸が閉まると、ことに東側の錦糸町界隈は「江戸の外れ」といっていい薄気味悪さがあった。

そんな本所の菊川町に一軒の稽古屋があった。両国橋から東は武家屋敷がほとんどだが、堀を縁取るようにして町人地が貼りついている。稽古屋といっても、師匠が弟子たちを大勢引き連れて、揃いの衣装で寛永寺や御殿山に花見と洒落込んだり、隅田川に屋形船を浮かべて夕涼みをしたり、料理屋に集まっておさらい会をしたり……というような派手なものではない。芸名は藤澤絹太夫だが本名は絹という。歳はまだ十九歳。狭い長屋の一室で、近所の女児相手に踊りや小唄、端唄、浄瑠璃、三味線などの初歩をなんでも教える、いわゆる「五目」のお師匠さんだ。病気で寝たきりの母親を看病しながら弟子たちに稽古をつけている。

「じゃあおつぎは……虎二（とらじ）さんでおしまいですね」

「へえ、よろしくお願（ねが）えいたします」

虎二と呼ばれた男は二十五歳の飾職で、眉毛が太く、下あごを撫でる癖があり、いつも薄ら笑いを浮かべている。目を細めてこちらをじっと見ているような気がして、絹は彼が苦手だった。しかし、この稽古屋に通う女弟子のなかには「苦み走った粋なお職人さん」とあこがれているものもいるようだ。

「娘道成寺（むすめどうじょうじ）の最初のところですね」

まずは絹が何度か歌ってみせ、それを虎二に繰り返させる。なかなか筋はいい。

男弟子のなかには、絹が若くて器量が良いのに引かれて入門してくる「狼連（おおかみれん）」や「あわよか連」もいる。色里通いよりも安くすむ、ということで、踊りや三味線を習いに来る連中だ。彼らが、あわよくば絹をものにしようと虎視眈々（こしたんたん）と狙っていることはわかっていたが、母親の加代（かよ）の治療にはかなりの金がかかる。爪に火を灯すように暮らしている絹にとっては「狼連」も「あわよか連」も大事な収入源なので入門を受け入れないわけにはいかない。今のところは互いに相手を牽制（けんせい）しあっているので、なにごとも起こってはいなかったが、女のふたり世帯（じょたい）だ。この先なにがあるかはわからなかった。このあたりは大名家の下屋敷が多く、暇な勤番侍も習いに来る。侍と職人のあいだがぎすぎすしているのは絹も感じていた。

虎二が「あわよか連」であるかどうかはわからない。熱心に稽古するし、上達も早い。最後に絹は細棹の三味線を弾いて、虎二に歌わせた。

鐘に恨みは数々ござる
初夜の鐘を撞く時は
諸行無常と響くなり

なかなか筋はいい。若い女弟子ならたしかにこの歌声には聞き惚れてしまうかもしれない。

言はず語らぬ我が心
乱れし髪の乱るるも
つれないは唯移り気な
どうでも男は悪性者
桜々と謡はれて

言うて袂のわけ二つ
勤めさへ唯うかうかと
どうでも女子は悪性者
都育ちは蓮葉なものぢゃえ

「今日はここまでにしておきましょう。お疲れさまでした」

三味線を置いて絹がそう言うと、虎二はにやりとして、

「色っぺえ文句ですね。こんな思いがしてみてえ。——ありがとうごぜえやした」

虎二は頭を下げると帰っていった。隣室で寝ている加代に、

「母上、終わりました」

「そうかい、ご苦労さま」

絹が「母上」などという言葉を使うのは、元は武家の出だからである。祖父は大岡辰右衛門という侍で武芸をもって主家に仕えていたが、泰平の時代では使い道がない。やる気のない門弟たちに形ばかりの稽古をつける日々に嫌気がさし、世をすねて「旗本奴」になった。徒党を組んで江戸市中をのし歩いていたことが問題となり、大岡の家は改易となった。辰右衛門は割腹して果てたが、末期に及んで一子大岡辰明に、

「わしは間違っていた。代々続いた大岡の家名を汚すことになり、無念である。おまえはなんとしてでもその名をのちのちの世に残すような立派な人物になってくれ」

そう言い残した。とはいうものの、一介の浪人になった辰明にはどうすることもできない。江戸で寺子屋の師匠をしながら糊口をしのいでいたが、

（このまま死んでは後世にわが名が残らぬ。なんとかして大岡辰明の名前を残したい）

という思いから一念発起して戯作者となった。黄表紙や読本、洒落本、滑稽本、歌舞伎の台本などを執筆して世に出ようとしたがまるで評判にならず、たいへんな貧乏暮らしを強いられたあげく、病気になって死んだ、という。

絹の母加代は、なんとか大岡家を再興したい、という思いから乏しい金回りのなかで絹に三味線、踊り、長唄、義太夫……などを習わせた。それが今の大岡家の主な収入源となっているのだ。しかし、加代は絹をどこかそれなりの武家に嫁がせる夢をまだあきらめていなかった。

「母上、今、お茶をいれます。夕餉の支度もいたしますから、しばらくお待ちくださ
い」

「ゆっくりでいいんだよ、お絹、いつもすまないねえ」

めっきり衰えた加代がそう言ったが、明日払わねばならぬ医者への薬料すら手もとにない絹であった。

朝炊いた飯の残りを雑炊にし、削り節と細かに切った梅干しと青菜を入れ、少量の味噌で味付けをしたものに香のもの、という一汁一菜にすら足らぬ食事である。

「せめて、目刺しの一匹でもあればねえ……。いや、私はいいのだけど、若いおまえは滋養のあるものを食べないと骨と皮になってしまう」

加代の言葉に絹は、

「今日、もしドジョウでもすくえたら少し残しておいて、ドジョウ汁にでもいたします」

「今夜も行くのかい？」

「ええ……」

稽古の月並み（月謝）だけでは足らぬので、絹は数日に一度、魚を獲りに出ていた。獲れた魚は持ち帰り、朝まで生かしておいてから料理屋に持参し、買い取ってもらうのだ。コイ、フナ、ウナギ、ときにはスッポンなど、絹が持ち込む魚はたいそう評判が良かった。

「形もいいし、よく肥えている。これなら大きな川魚問屋から買うよりよい。値も安いし、もっと持ってきてくれ」

　などと褒められることもあった。

「くれぐれも気を付けて行っておくれ。近頃はなにかと物騒だから……」

「ええ。慣れていますので大丈夫です」

「いくら夜網といっても、もっと早くから出かければ早く帰れるのに……。夜中になれば追いはぎも出るし、辻斬りも……」

「夜が更けた方が魚が浮いてきて獲りやすいので……」

「私はおまえだけが頼りなのだからね。おまえの父上は、断絶した家名を復興させねばならぬのに、なにを思われたか急にくだらない読みものなど書きはじめて、大岡家の評判を下げられるところまで下げてから亡くなった。おまえはどうかあんな侍として恥ずかしい真似などせぬ立派なところに嫁に行っておくれ」

　またいつもの愚痴が始まった、と絹は思った。絹は死んだ父親のことが好きだった。加代は、戯作を書くなど「侍の恥」だと言うが、いつも幽霊だの天狗（てんぐ）だの忍びの術だのといった荒唐無稽なこと、滑稽なことばかり考えていた父親辰明からいろいろな話を聞くのは楽しかった。父親が死んだとき、加代は「みっともない」と原稿の束や日記などを焼き捨てようとしたが、絹はそれを止めて、行李（こうり）のなかに大事にしまってある。辰明がもっとも力を入れたのは「四十七義星」と「本所七不思議怪（ほんじょななふしぎのかい）」という歌舞伎の台本だった。ここ本所にはかつて四十七士が討ち入りをした吉良上野介（きらこうずけのすけ）の屋敷があったし、七不思議も有名なので辰明としてはご当地もののつもりだったのかもしれないが、残念ながらいずれも上演には至らなかった。

「おまえに魚獲りのような殺生をさせてお金をもらっていることも、本当はあまりよくないのだろうが、今の暮らしでは仕方がない。つくづくあのひとが恨めしいよ」

絹は食器を片付けると、隣室に薄い布団を敷いた。加代をそこに寝かせると、自分は手網の手入れをはじめた。あちこちにこびりついた藻やゴミをていねいに取り除き、破れかけているところを繕う。加代はすでに寝息を立てている。

やがて、深夜になった。絹は紺色の手ぬぐいで顔がわからないように頬かむりをすると、手網と大きな魚籠（びく）を持つ。外に出ると月夜である。これなら提灯がなくともなんとかなる。ひとから見咎められるものはなるたけ持ちたくはないのだ。絹はため息をついた。加代は、絹がどこで魚を獲っているのかを知らない。

すぐ目のまえに大横川があるのに、絹は見向きもせず、北に向かって歩き出した。すぐに榎（えのき）稲荷という神社がある。お使わしのキツネの像の影がゆらりと道まで伸びている。川沿いにしばらく北へ向かい、橋を渡って今度は竪川（たてかわ）沿いに東に進み、四ツ目橋を渡ると一気に寂しさが増す。このあたりは武家屋敷ばかりだが、夜になると固く門を閉ざしてしまうので、ひたすら白壁だけが続く。屋敷から明かりが漏れること、ひとの声が聞こえることもない。こうして裏通りばかりを行くのは、たまに夜釣りをしている武士や町人がいるので、彼らに見つかりたくないからである。

　突然、どこかで犬の吠える声がした。絹は驚いて跳び上がりそうになった。いつものことだが、背筋がぞくぞくする。こんな深夜、若い女がひとりで歩くのが危険なのは、加代に言われなくても十分承知している。しかし、暮らしのためにやらねばならないのだ。追いはぎも辻斬りも怖かったが、絹がいちばん懸念しているのは「七不思議」だった。

　江戸には千住、馬喰町、深川などいくつかの「七不思議」があるが、そのなかでもいちばんよく知られているのが「本所の七不思議」だった。父親の辰明は「本所七不思議怪」を書いたこともあり、七不思議には詳しかったらしく、子どもだった絹を膝に乗せて、よくその中身を話してくれた。

「『片葉の葦』というのがあってな……」

　たしかにこのあたりの川辺は葦が繁っていて、見通せないほどである。

「お駒という若い娘がおった。近くに住む男が恋慕してくどいたものの袖にされた。

男は怒って自暴自棄になり、小橋のたもとでお駒を殺して川に投げ込んだ。そののち、界隈に繁る葦は不思議と葉が片方だけになった。それゆえあの橋を駒止橋と呼ぶのだ」

絹は震え上がった。

「『消えずの行灯』というのもあるぞ。二八蕎麦屋の屋台が出ているのだが、店の主がおらぬ。どこか用足しに行っているのだろうと待っていてもだれも帰ってこぬ。しかも、いつまでたっても行灯の油が尽きず、明かりが消えない。この店に立ち寄ると不幸になるともいう。夜に夜泣き蕎麦を食うときはよほど気を付けねばならぬな。ははははは……」

その話を聞いてからは、夜半、蕎麦屋の売り声を耳にするのも怖かった。

「『送り提灯』というのもある。月夜ゆえ提灯なしで歩いていたが月が雲に陰った。困ったなあと思っておると、少しまえの方に提灯とおぼしき明かりが現れる。それを慕って急ぐとその明かりは消えてしまい、かなり先にふたたび灯る。そちらに向かうと、また消えてしまい、結局、ひと晩中明かりを追いかけてさまようことになる」

今、絹は提灯を持っていない。ひと目につかないためだが、もしそんな怪異に遭遇したら悲鳴を上げてしまうかもしれない。

「似たもので、『送り拍子木』というのもある。拍子木を打ちながら火の用心に回っていると、自分が打っていないときにも拍子木の音がすぐ後ろから聞こえてくる。振り返ってもだれもいない。おかしいな、と前を向くと、また背後から聞こえる。ひと晩中その繰り返しだ」

耳を澄ましても拍子木の音は聞こえない。絹はホッとした。

「『津軽の太鼓』というのも奇怪な話だ。亀戸天神のすぐ北に津軽越中守さまの屋敷があるが、そこの火の見櫓には板木（火事のときに叩く板）がなく、太鼓がぶら下がっているのだ」

「どうして？」

「それはわからぬ。たずねても答えてくれぬらしい」

聞いても怖くはないが不思議な話ではあるから「七不思議」に入る資格は十分だ。津軽屋敷はこの錦糸堀よりもいっそう寂しい場所なので絹は行くつもりはなかった。

「『狸囃子』というのもあるぞ。『馬鹿囃子』ともいう。月の煌々と照る晩にどこからともなく聞こえてくる祭囃子のような音のことだ」

これは絹も耳にしたことがあった。というより本所に住まいするものなら皆聞いているはずだ。囃子のもとを突き止めようとあちこち探してもわからない。月夜に狸が

浮かれて腹鼓を打っているのだ、というものもおり、なかなか楽しそうだと父親に言うと、

「とんでもない。どこで打っているのかと追いかけているうちに、気づいたら野原にいる。狸の群れに取り囲まれて、食われてしまうのだ」

絹は身震いした。

「『足洗邸』というのはな、南割下水のすぐ北、三笠町に味野岌之助なる旗本の屋敷がある。夜になると天井を突き破って馬鹿でかい足が降ってきて、『足を洗え』と言う。断ると大暴れするので、仕方なく洗ってやると足は天井裏に引っ込むのだ」

これはかなり怖い。絹は毎晩、天井が目に入らぬよう横を向いて寝た。しかし、なんといっても絹が怖かったのは「置行堀」の話である。本所の掘割で、ある男が夜釣りをした。かなりの大漁で魚籠が一杯になった。喜んで帰ろうとすると、堀のなかから「置いてけえ、置いてけえ」という声が聞こえてきた。驚いた男は走って逃げた。ようよう家について魚籠を見ると、魚は一匹も入っていなかった……。

「『置いてけえ……』と言われたときに魚籠の魚をすべて堀に投げ入れないと、家に帰れない、というものもいるし、ふたり連れで釣りに行き、自分は魚を返したが、返さなかった友だちは水のなかに引きずり込まれた、というものもいるらしい」

その話が広まって、界隈を「置行堀」と呼ぶようになった。場所は、錦糸堀のあたりだという。

「なぜ『置いてけえ……』と言うの？」

「たぶん置行堀の主は魚好きの河童かカワウソ、大スッポンか大ウナギの類で、自分が魚を食いたいがためにそんなことを言うのだろう。殺生を戒める意味もあるのかもしれぬぞ」

片葉の葦、消えずの行灯、送り提灯、送り拍子木、津軽の太鼓、狸囃子、足洗邸、置行堀……と指折り数えてみて、絹は「あれ……？」と思った。

「七不思議なのに八つある」

「ははははは……本当だな。『七不思議』というのはあちこちにある。江戸にもいくつかあるが、諏訪大社の七不思議、四天王寺の七不思議……異国にも七不思議があるらしいが、どれも『七つ』に決まったものだ。しかし、本所の『七不思議』だけは八つなのに七不思議なのだ」

「どうして……？」

「ははははは……どうしてかな。たぶんなにか理由があるのだろう」

そのときの父親の声がいまだに耳にこびりついている。幼いころに刷り込まれた恐怖は、大人になっても消えないものだ……。

目のまえで水音がして、絹は我に返った。前方に堀川が見えていた。錦糸堀である。ここまで来ると「遠くまで来た」という感じがするが、本当はたいした距離を歩いていないのである。今夜は風が強い。真っ黒な川面がざわざわと揺らいでいる。絹自身のほか、人間の気配はない。そう……絹は今、「置行堀」の舞台である錦糸堀で魚を獲ろうとしているのだ……。

土手から危なっかしい足取りで川っぷちに降りる。柳の木がひょろりと生えていて、それが目印だ。堀の一角が棒杭と板で堰き止められていて、うえから鉄製の網をかぶせてある。月明かりに、そのすぐ下に多くの魚影が見える。ここは、江戸城出入りの川魚問屋「鮒都屋」の生簀なのである。コイもフナもウナギもドジョウもスッポンも、川から漁師が獲ったあと、ここに放ち、しばらく飼っておく。いつ注文が来ても応じられるように、だ。「此堀之魚不可獲御公儀御用達鮒都屋」という表札も立てられている。つまり、この生簀にいるのは、公方さまの口に入る魚なのだから、釣ったり獲ったりすることは当然厳禁なのだ。

周囲にだれもいないことを確かめてから絹は生簀に近づき、鉄の網を外した。冬だというのによく肥えた魚たちが何重にも折り重なるようにして泳いでいる。提灯をかたわらに置き、手網を思い切って生簀に突っ込む。ばしゃっ、と大きなコイが跳ねたが逃がしはしない。暴れるそのコイを絹は魚籠に入れた。

そう……絹はいつもこの生簀からひそかに魚を獲っていたのだ。生計の足しにしようと、最初は家近くの堀で、釣り人に混じって糸を垂れていたのだが、まるで釣果が上がらない。思い余って、いつしかこの「鮒都屋」の生簀で魚を盗むようになったのだ。なにしろ将軍家に販売する魚である。極上のものが選りすぐられている。料理屋が喜ぶのも当然だ。しかも、生簀だから簡単に獲れる。

ひゅうひゅうと風が鳴り、必死に手網を使う絹の姿が影法師となって蠢いた。やりだしたらやめられない。一度や二度ならともかくこう毎晩では言い訳はできない。見つかったら罪になる、公方さまに納める魚を盗むなど許されるはずもない。恐ろしいことをしている、という実感が絹にはあった。そして、その背徳感の後ろにはかつて父親の辰明が教えてくれた「本所七不思議」があった。

(いつかはバレて、罰せられるかもしれない……)

そう思いながらも、手は止まらない。

一刻(二時間)ほどかけて絹はコイ二匹とフナ五匹を獲り、魚籠に入れた。生簀なればこその釣果である。いつもならここで帰るところだが、今夜はドジョウが欲しかった。さっきの加代との会話が耳に残っていたのだ。

月が雲に陰った。絹は提灯を持ち上げて水面を照らした。

（ドジョウ……ドジョウは……）

絹は手網を生簀の底まで入れてかき回した。眠っていたドジョウたちが数匹、驚いて浮き上がってきた。絹はそのドジョウたちを網で追い回した。びゅう、と風が唸った。

そのとき、

「置いていけ……」

そんな声が聞こえたような気がした。絹は震え上がった。周囲を見回す。風の音がそう聞こえただけかもしれない。いや、きっとそうだ。絹はドジョウをあきらめて、立ち上がった。ずしり、と重い魚籠を背負い、提灯と手網を持って、土手まで上がろうと歩き出す。

「置いていけ……置いていけ……」

今度は間違いない。男の声だ。全身の血が凍るような気がして、絹は魚籠を地面に落とした。なかに入っていたコイやフナが散らばってびくびくと跳ねている。絹は生簀に向かって両手を合わせ、

「申し訳ございません。暮らしに困窮するあまり、その足しにとつい盗み心を起こし、悪事をなしました。もう、二度といたしませんので、なにとぞ……なにとぞお許しを……」

だれに謝っているのかは自分でもわからないが、とにかく許しを請うしかない、と思ったのだ。

「置いていけ、置いていけ！」

野太い声がすぐ後ろから聞こえてきた。絹が身体を固くして振り返ると、そこにいたのは月代をきれいに剃ったひとりの武士だった。

「はっはっはっはっ……師匠、わしだ、わしだ」

それは、絹のところに浄瑠璃の稽古に来ている榊原豊五郎という勤番侍だった。酔っているらしく顔が熟柿のように赤い。

「榊原さまでしたか」

絹は胸を撫でおろした。

「小笠原殿の俳諧の席に呼ばれてな、終わってからご酒を賜り、今帰るところだ。したたかに酔うたゆえ、泊まっていけと言われたが、明日は早朝から若殿の早駆けのお供をせねばならぬ。すまじきものは宮仕えだ。あっははは……」

榊原は上機嫌のようだった。

「榊原さまもおひとがお悪うございます。急に『置いていけ……』という声がしましたので、置行堀の主が現れたかと思って肝が縮みあがる思いでございました」

「ははは……この錦糸堀に伝わる言い伝えを思い出してな、師匠をからかってみたのだ。しかし、わしとわかって安堵したであろう」

「はい……」

「ところで師匠……」

榊原は地面に散らばった魚を見渡し、

「ここで魚を獲っておったのか？」

「はい……いいえ、いいえ……」

「どちらだ。わしの知る限り、ここは御公儀御用達『鮒都屋』の生簀だ。普段は網で蓋をしてあるはずだが、今は取り除かれておるな。師匠がやったのだな？」

「そ、それは……」

「土手のうえから見ておったが、なかなか手慣れていたぞ。いつもこの生簀から魚を盗んでおるのだろう」

ずっと見られていたのかと思うと、絹は全身の血が下に降りていくような気分だった。

「こ、今夜が初めてです。ほんの出来心でたまたま……」

「嘘を申せ。こんな夜中に、菊川町からここまでたまたま来てたまるものか。それに、その魚籠と手網が動かぬ証拠。家からたまたま魚籠と手網を持ってくるはずがない」

「………」

「わしがもしこのことをお奉行所に訴え出たらどうなるかな」

「えっ……」

「師匠、わしが師匠の稽古屋に通うていたのは、いつか師匠をわしのものにしたい、という望みがあったからだが、今夜、それが叶うようだな」

「な、なにをおっしゃっておられるのです……」

「わしの気持ちはわかるだろう。今夜ここを通り合わせたのは僥倖であった。赤穂義士ではないが、積年の宿願を果たせるのだからな」

榊原は絹の左の手首を摑み、ぐいっと引っ張った。絹の頰かむりの手ぬぐいがはらりと解けて落ちた。

「そんな……ご冗談ばかり……」

絹は榊原の手を振り解こうとしたが、相手はがっちり握って離さない。

「洒落や冗談でこんなことはせぬ」

「榊原さまは酔うておられます。少し酔いをお醒ましください」

「酒は飲んでも飲まいでも、務むるところはきっと務むる武蔵守だ。さあ、師匠……こちらに……」

榊原は絹をその場に引き倒そうとした。

「おやめください！」

「やめてたまるか」

絹は叫び声をあげて助けを求めたかったが、それでは魚盗人がバレてしまう。絹は榊原からなんとか逃れようと身をよじった。しかし、榊原は執拗だった。強引に迫ってくる榊原を、絹は思わず両手で突き飛ばした。

「うわあっ……！」

榊原はそのまま後ろ向きに倒れた。高々と水しぶきが上がり、榊原は錦糸堀の川のなかに沈んでいった。

（今ならまだ助かる……）

絹が堀に飛び込んで引っ張り上げれば、榊原の命は救えるかもしれない。しかし……。

（このまま榊原さまが死んでくれれば、魚を盗んだことは内緒にしておける……）

絹の心に悪魔が忍び込んだ。榊原が落ちたあたりに向かって両手を合わせると、

（ごめんなさい、榊原さま……いずれ私も地獄に堕ちるでしょう。そのとき謝りたいと思います。南無阿弥陀仏、迷わず成仏してください……）

そして、手網と魚籠、提灯を持ってその場を去ろうとしたとき、土手のうえからがさがさという足音が聞こえてきた。

「でけえ水音が聞こえたが……おい、生簀にだれかいるぞ！」

「魚盗人かもしれねえ！」

ふたりの男が土手を下りてきた。絹は手網と魚籠をその場に置くと、提灯の明かりを吹き消した。すぐに逃げると見つかってしまう。絹は柳の木の陰に隠れ、様子をうかがうことにした。やってきたのは「鮒都屋」の法被を着たふたりの町人だった。

「見ねえ、金網が外してあるぜ。やっぱり魚盗人だ」

「今夜という今夜は逃がさねえ。絶対に捕まえてやる」

どうやらしょっちゅう魚を獲られるので警戒していたようだ。

「コイやフナが散らばってるぜ。俺たちが来たから、あわてて放り出して逃げたのかもしれねえ」

「まだ、そこいらへんにいるはずだ」

ふたりは生簀の金網をもとに戻すと、提灯を持って周辺を探し始めた。ふたりのうちのひとりは、絹が隠れている柳の木に近づいてくる。しまった……と絹は思った。今、出ていくと間違いなく見つかってしまう。絹は震えていたが、このままじっとしていても見つかってしまうことに変わりはない。絹は思い切って、やってみることにした。口に手を当てて、できるだけ低い、押し殺したような声で、

「置いていけえ……」

近づいていた男の足が止まった。相棒を振り向くと、

「お、おい……今、なんか言ったか?」

「いいや、なにも。なにか聞こえたのか?」

「あ、ああ……」

「なにが聞こえたんだ?」

「『置いていけ……』って……」

「なんだと?」

ふたりの男は恐怖に顔を引きつらせている。

絹はもう一度、

「置いていけえ……置いていけえ……」

　ふたりの男はあたりをはばからぬ悲鳴を上げ、転がるようにその場から逃げ出した。あとに残された絹はようやく安堵して木陰から出たが、ふたりがいつ戻ってくるかもしれない。そのときに持っていると言い訳ができないので、手網と魚籠は置いていくことにした。掛灯だけを持って、絹は生簀を離れた。

## 2

　翌朝、絹は普段通りに飯を炊き、豆腐の味噌汁を作り、加代に食べさせた。

「母上、昨夜はドジョウがおらず、獲ってくることができませんでした。申し訳ありません」

「この寒さじゃあドジョウもフナも水底にじっとしているから獲れなくて当たり前さ。気にしなくてもいいよ」

「ええ……近頃はほとんど獲れません。なので、しばらく夜の魚獲りは休もうかと思っています」

「それがいい。コイもフナもドジョウも、春になったら目が覚めて、泳ぎ出してくるだろう。それまではおまえも身体を休めなさい」

　加代は呑気なことを言った。昨夜、なんとか家にたどりついた絹は朝まで一睡もできず、震えていた。錦糸堀に沈んでいく榊原豊五郎の顔が目の裏にこびりついて消えないのだ。

（あれからどうなったろうか……）

　まるで悪い夢を見ていたようだ。すべてが夢だったらどんなにいいだろう。しかし、榊原の鳩尾を突いたときの手応えはしっかりと両手に残っていた。

「どうしたんだい？　今日のおまえはちょっと変だよ」

「そ、そんなことありません」

「なんだかぼーっとしている。熱でもあるんじゃないだろうね」

「いえ、大丈夫です……」

　絹が今日の稽古の下準備をしていると、

「おはようございます」

「おはようです」

「えー、おはようでやす」

　弟子たちがぽちぽちやってきはじめた。加代は隣室に入り、襖を閉めた。弟子たちは家に入ってくると壁にかかっている連名板をひっくり返す。

江戸の職人はだいたい早朝から夕方まで働いていたが、それは仕事のある場合だ。たとえば大工や左官、鳶職、木挽など「出職」のものは、仕事がなければ朝からごろごろするか、遊びに行くほかやることがない。また、桶屋、鍛冶屋、指物師、飾職といった「居職」のものは家が仕事場だから、自分の好きなように仕事を進められる。何日も働かずにのらくらと遊んで暮らし、納品まえになるとあわてて何日も徹夜でがむしゃらに働く。それで帳尻が合うのだ。そういう連中は朝からでも稽古屋に入り浸り、日がな一日ひとの稽古を見物しながら茶を啜り、菓子を食べて時間を潰すのだ。「あわよか連」である彼らの目的が「稽古」ではなく、絹であることは間違いない。

「一二三さんに虎二さん、歌朴さん、おはようございます。今日はまた早くからのご入来ですね。どなたからお稽古いたしましょうか」

一二三という弟子が、

「師匠、おさまってる場合じゃございませんぜ。まだお耳に入っちゃあいませんか」

「なんのことです」

一二三はふところから一枚の瓦版を出して絹と加代に示した。

「蔵前で朝っぱらから読売屋が撒いてたんで、一枚もらってきたんです。こちらによく来てなさるお武家で、榊原豊五郎さんてえ方がいらっしゃいましょう？」

絹はどきりとした。

「はい、あの方がなにか……？」

「今朝、錦糸堀に死骸が浮かんでたらしい。俳諧の会でかなりきこしめしたそうで、たぶん酔って足を踏み外したんじゃないか、という話でさあ」

「なんてこと……」

歌朴という弟子が、

「ところがそれですまねえ。というのが、榊原先生の死骸が浮いてた場所ってえのが、『鮒都屋』てえご公儀御用達の川魚問屋の生簀の近くで、川っぷちにゃあ手網と魚籠、それに魚が何匹も散らばってたそうなんで」

絹はその瓦版を手に取った。虎二が、

「『鮒都屋』は近頃、生簀の魚を盗まれることが多いんで、カワウソや河童の仕業か、それとも人間がやってるのか見極めるために、見張りを置いてたらしいんですが、そいつらが『置いてけえ……』てえ声をたしかに聞いた、てえんです」

「まさか……」

歌朴が、

「ほんとです。その瓦版にも書いてある」

瓦版には、榊原豊五郎とおぼしき侍が川のなかから伸びる手に摑まれて引きずり込まれる様子が描かれていた。絹が顔を背けるのを虎二がじっと見つめていた。加代が襖を開け、

「その瓦版、私にも見せておくれ」

そう言って稽古場に入ってきた。絹が手渡すとざっと目を通し、

「怖いねえ。あのお方が置行堀の災難に遭うなんて……お絹、おまえじゃなくてよかったよ」

絹は顔色を変えて、

「母上、なにをおっしゃるのです」

そう言いながら加代に強い視線を向け、自分の口を覆うような仕草をした。それで加代は、なにかしら悟ったらしく、

「とにかく早いところお稽古をはじめた方がよろしかろう」

そのとき、

「ごめんなすって。入ってもいいかね」

いいですよともダメですよとも言わぬ先に、入口から入ってきたのは紺の股引を穿

き、十手を帯に差し込んだ岡っ引きである。すぐ後ろに下っ引きとおぼしき若者が付き従っている。顔をこわばらせた絹が、

「なんでございましょう」

「あんたがここで稽古屋をしているお絹さんだね」

「私が絹ですが……」

「俺ぁ馬喰町で御用聞きをしている伴次てえもんだ。あんたのところに通ってる弟子に、榊原豊五郎てえひとがいるかね」

「はい……」

「今朝、錦糸堀に死骸が浮かんでいたのさ。その件で話をきこうと思ってね。ちょいと上がらせてもらうよ。そこに並んでいる連中は弟子っ子だな。おめえらにもたずねることがあるから帰っちゃならねえぞ」

一二三、虎二、歌朴の三人は、とんだ関わり合いになった、という顔でかしこまった。伴次は上がり込むと絹のまえにあぐらをかいて座った。もうひとりの若者は興味津々という顔つきで部屋のあちこちに不躾（ぶしつけ）な視線を送っている。

「おう、そこに瓦版があるな。ならば、もう知ってるだろう。榊原の浮いていた堀は『鮒都屋』てえお上ご用達の川魚問屋の生簀のすぐ側（そば）だ。『鮒都屋』は俺の縄張りに本

店があるんでな、俺が呼ばれたってわけだ。榊原は独りもんでな、昨夜、小笠原伯耆守というお方の下屋敷で俳諧の集まりがあって、それに顔を出した。酒宴になって、同席したお侍、俳諧師、茶の宗匠なんぞの話だと、かなりへべれけに悪酔いしてたらしい。門番にきくと、足もとがあやしいので、お駕籠を呼びましょうか、と言ったけど、断って帰ったそうだ。——おめえが榊原に最後に会ったのはいつだね？」

「一昨昨日でございます。ここに浄瑠璃のお稽古に来られました」

「なにか気になることはなかったかね。挙動がおかしいとか……」

「とくにはなにも気づきませんでした。『すし屋』をなさって帰られましたが……」

「榊原てえ侍はすし屋もやっていたのかね」

後ろにいた若者が、

「親分、すし屋ゆうのは『義経千本桜』の三段目のことだっせ」

伴次はハッとして顔をしかめ、

「わ、わかってるよ。場をなごませようとして、ちょいとボケただけだ。榊原はどんな男だったね？」

「そう言われましても……いわゆる江戸詰めの勤番侍で……その……真面目なお方だったように思います。お稽古も熱心で……」

「ああ、そうかね。ところで、瓦版にもあるとおり、榊原のまわりにゃあ手網と魚籠と魚が散らばっていた。それに、魚盗人を防ぐために夜通しをしていた『鮒都屋』の若い衆が『置いていけえ……』という不気味な声を聞いている。だれしも『置行堀』のことを思い浮かべるだろう」

　伴次は三人の弟子と加代に名前をきいたあと、

「おめえらは土地のもんだから『本所七不思議』について詳しいだろう。あれはいつ頃からあるんだね？」

　一二三がおずおずと、

「私は本所生まれの本所育ちでやすが、たしか子ども時分に大人たちから冗談交じりに聞いた覚えがございます」

　虎二が、

「あっしも、物心ついたころには親たちが口にしていたように思います」

　加代が、

「私は昔は『七不思議』なんて聞いたことはございませんでした。いつのころからか、皆が言うようになっておりました。もしかしたら私が知らないだけで、よほど古いころから界隈にあった言い伝えかもしれません」

絹が、

「私は幼いころ、亡くなった父から教わりました。父は『四十七義星』や『本所七不思議怪』といった戯作も手掛けており、博学でしたから……」

加代が嫌な顔をした。伴次が、

「本当に『置行堀』なんてことがあるはずがねえ。タヌキの仕業だ、河童の仕業だ、悪いカワウソがやってるのだ……なんて言ってるやつがいるようだが、『鮒都屋』の若い衆の話がほんとだとすると、だれかが冗談したにちげえねえ。そんなことをするやつに心当たりはないかね」

皆、かぶりを振った。

「そうけえ……まあ、しようがねえ。榊原の件でなにか思い出したことがあったら知らせてくんねえ」

伴次は絹と加代に向かって、

「念のためにきいておくが、あんたらふたり、昨日の夜は外出しなかっただろうね」

絹が口を開くより早く、加代が言った。

「それはもう……一晩中家におりました」

「ふたりともだね？」

「はい。娘も誓って出かけてはおりません」

「なら、いい。――おい、行くぜ」

伴次は若い男に声をかけ、家を出ていこうとした。しかし、若い男は絹に、

「こちらは三味線のお稽古もしてはりますのか？」

「はい……」

「そら、ええなあ。わたいも三味線やりますのや。今度、習いにこよかな」

伴次が男の袖を引き、小声で、

「若旦那、なにを言ってるんです。そんなことしたら親旦那に大目玉を……」

「ちょっと稽古するぐらいええやないか。わたいはな……」

男は一二三たちを見渡して、

「ここに雁首（がんくび）そろえとるあわよか連やないで。大坂にいたころも、ちゃんと師匠について稽古しとった。真面目な気持ちで習いたいのや」

一二三たちが一斉に、

「なに言ってやがるんでえ」

「俺たちゃあわよか連なんかじゃねえぞ」

「マジで稽古に来てるんだ」

若い男はにやりとして、

「ほんまかなあ。ここのお師匠さんの器量がええさかい、ドスケベな下心で通うとるのやないか?」

虎二が、

「あっしらは師匠の芸に惚れてるんだ。死んだ榊原さんなんかといっしょにしねえでくんな」

伴次が、

「ほう……榊原は下心があった、てえわけか」

加代が、

「そんなこと言うもんじゃありません!」

虎二はしょぼんとした。目明したちは家を出ていった。絹は安堵して加代を見たが、加代は無表情だった。三人の弟子たちもそそくさと稽古を終えて帰っていった。加代は絹に、

「お絹や、あなた、私になにか隠しちゃあいないかね」

「まさか、母上に隠しごとなんて……」

「それならいいんだけど……」

加代はじろりと絹をねめつけた。

「あのねえ、若旦那、いい加減にしてくださいよ」

歩きながら伴次は伊太郎に言った。

「なにがや」

「今の稽古屋のことです。道楽は禁止されてるんですよ。ちったあ俺の身にもなってくだせえ」

「三味線習いに行くのがなんで道楽なんや」

「立派な道楽です。稽古屋に出入りすることが、もうダメですから」

「うるさいなあ。吉原でひと晩に何百両使う、とか、芝居行きで一度に何百両使うとか……そういうのを道楽ゆうねん。たかのしれた稽古屋に通うぐらい、なにが道楽や」

「その、たかのしれた稽古屋に通う銭はあるんですかい」

「それは……ないけどな。小遣いはこないだ十手を作るのに全部使て（つこ）しもたのや」

「だったらおとなしくしていてくだせえ。だいいち、あの贅沢（ぜいたく）な三味線が家にあるだけで、うちのかかあが文句を垂れるんだ」

「どういうこっちゃ」

「こいつは俺が言ったんじゃねえ。かかあのセリフでやすが……家に一文も入れねえで三食食って昼寝してるとはいいご身分だ、金がない金がないと言ってるけど、あの高額そうな三味線をまげたら（質に入れること）けっこうな金になるんじゃあないかねえ……と。あ、俺が言ったんじゃありませんぜ」

「ふん、あの三味線は旅の費えがないわたいが、宿場宿場で門付けをしながらなんとか江戸にたどつりいたときの相方や。二束三文では手放されへん」

「でも、うちのかかあが……」

「おまえみたいに肝の小さいやつとしゃべってってもおもろないわ」

伊太郎は大股で歩き出した。苦笑いしながら伴次は早足で追いつこうとして、

「置いてけ堀にしねえでくだせえ」

「置いてけ堀ゆう言葉の語源はなんやろな」

「はあ……？」

「ひとに置いてかれることを『置いてけ堀』ゆうやろ。『置行堀』と『置いてけ堀』とどっちが早いんやろ」

「知りませんぜ、そんなこたぁ」

「ほな、錦糸堀の語源はなんや？」

「さあ……」

「さびしい田舎やで。錦の糸があったとは思えん」

「だーかーらー知りませんよ。今度の御用とはなんの関わりもねえ」

「そら、まあ、そうやけど気になるがな」

「俺ぁまるで気にはなりませんがね」

「ふーん……おもろないやつ」

「ああ、面白くねえ野郎で悪かったですね。面白くねえ野郎だから、菱松屋の旦那や若旦那の恩義を大事にして、こうしてあんたを居候させてるんでござんすよ！」

「そう怒りないな。――けど、今の稽古屋のお師匠さん、臭うなかったか？」

「べつに……」

「そうか……ま、ええわ。おまえはさっき、『置行堀』なんてことがあるはずがない、タヌキや河童、カワウソの仕業やない、て言うとったけど、ほんまにそうやろか」

「そりゃあ俺も、河童なんざいるわけがねえ、とは思っちゃいねえ。見たことがねえだけかもしれねえ。それは、象とかラクダとか獅子とかいう獣を観たことはねえが、異国にはそういうやつらがいるらしい、と知ってるのと同じだ。けど、魚が欲しいから置いていけ、ていうなら、どうして魚がちらばったままだったんです？　これさいわいと食えばいいでしょう。だから、だれかの冗談だと言ったんです」

「なるほど、理屈やな」

伊太郎は腕組みをして、なにやら考え始めた。

## 3

翌日の昼過ぎ、数人の稽古を終えて、絹は加代とふたりで遅い昼食を食べていた。朝炊いた冷や飯に青菜を刻み込んで混ぜ、ちらり、と醬油を垂らして、熱い茶をかけた茶漬けである。そこに、虎二が来た。

「虎二さん、少しだけ待っていただけますか。すぐに済ましてしまいますから」

「ゆっくり食べておくんなせえ。こっちは急ぐ身体じゃねえ」

そう言うと、上がり框(がまち)に腰を下ろし、煙管をぱくりと吸いはじめた。膳を片付けた絹が、

「お待たせしました。じゃあお稽古はじめましょう」

「いや、今日は稽古に来たんじゃねえんだ。ちょいと師匠に話があってねえ」

虎二はちらと加代を見て、

「ここじゃあ言いづれえから表まで来てもらいてえ」

絹は不審に思いつつも言われたとおりにした。

「なんのお話でしょう」

「師匠はときどき夜中に魚を獲りに出かけてましたね。このあいだまで戸のところに手網と魚籠が置いてあったが……あれはどうしたんです？」

絹は息が止まるかと思ったが、平静を装って、

「どうしてそんなことが気になるんです？」

「いや、べつに……」

「殺生をするのが嫌になったので、知り合いにあげてしまいました」

「そうでしたか。道理で見あたらねえはずだ。で、その知り合いてえのはだれです？」

「虎二さんはご存じない方です」

「ところで昨日の件だが……」

来た、と絹は思った。

「あっしはどうも気になってね、今朝、錦糸堀まで行ってみたんだ。そうしたら

……」

虎二はふところから一枚の手ぬぐいを取り出した。絹の顔から血の気が引いた。

「こんなものが落ちてやしたが……」

それはおととい の晩、絹が頬かむりに使っていた手ぬぐいだった。

「これ、お師匠さんのじゃござんせんか？」

「ち、ちがいます」

「こいつを拾ったもんで、その足で榊原さんが運び込まれたてえ番屋に行きましてね……」

もうだめだ、と思った。虎二は、手ぬぐいの持ち主について番屋の役人に告げたにちがいない……。

「へへへ……手ぬぐいのことはおくびにも出してねえからご安心を。あっしが番屋に行ったわけは、瓦版にあった手網と魚籠についてだ。榊原さんと見知りのものだって言ったら見せてくれました。瓦版には、あれが榊原さんのもののように書いてあったが、へへへ……へへへへ……あれって師匠の家にあったやつですよね？　あっしはよく覚えてます」

「だから……その……あれを譲った知り合いというのは榊原さまのことなんです」

「じゃあ、どうして今『虎二さんはご存じない方です』と言ったんです？　あっしが榊原さんを知らないとでも……？」

「…………」

「師匠が殺ったんじゃありませんかい」

「いえ……私は……」

「あのひとは随分師匠にご執心だったからねえ。もみ合ったはずみで川にどぼん、か。ありそうな話だ。それを上手に『置行堀』の仕業に仕立てたってわけだね」

「なにがお望みですか」

「そうさねえ。あっしは榊原さんみてえな気はねえのさ。あっしが欲しいのは……金だ。十両出してもらいましょうか」

「十両……そんな大金、うちには……」

「ないとは言わせねえ。着物だの三味線だの、師匠のところには金になりそうなものがたんとある」

「でも……あれは商売道具で……」

　稽古屋の師匠をしている以上、みすぼらしい着物や安ものの楽器というわけにはいかないのだ。三味線だけでも、細棹、中棹、太棹……と何丁もあり、どれもそれなりの値がする。

「いいんですかい、あっしがこのことをお奉行所に訴え出たらどうなるか……」

虎二は榊原と同じことを言った。絹の全身から力が抜けた。

「わかりました……。今は母が起きているので品物を質入れする、というわけにはまいりません。今晩にでも……」

「へへへ、ありがてえ。あちこちに義理の悪い借金があってね、返さねえとまずいのさ」

ふたりは家に戻ると、一応、「娘道成寺」の稽古をしたが、絹は心ここにあらずだった。

「では、今日はこのへんで……」

絹がそう言ったとき、

「ごめんなはれや」

へらへら笑いながら入ってきたのは昨日も来た、あの下っ引きだった。絹は険しい顔で、

「なんでしょうか。榊原さまのことでしたら、話すことは昨日全部話しましたけど……」

「そやおまへんねん。今日は御用の筋でよせてもろたのとちがいます。わたいは伊太郎というて、馬喰町の伴次親分のところの居候だす。昨日も言うたとおり、大坂にいたころは稽古屋に通てましたんやけど、こっちに来てからはなにかと窮屈でな、あれはするなこれはするなと不自由でたまらん。そろそろおぺんぺんのお稽古を再開したい、ええ師匠はおらんか、と探してたところでしたのや。いっぺんあんたとこのお稽古の見学させていただこうと思て参じました」

絹は顔をゆるめ、

「そうでしたか。でも、今日はあいにくお三味線のお稽古はないのです」

加代が、

「せっかく来てくれたのだから、少しだけでもおまえが弾いて聴かせてあげたらどうだね」

「そうですね。わかりました……」

居心地悪そうにしていた虎二が、

「それじゃあ師匠、あっしはこれで……」

伊太郎が虎二に視線を向け、

「おやあ……あんたがいてるとはなあ」

「あっしになにか……？」

「たしか飾職の虎二さんやったな。さっき、用事で番屋に寄ったんやけど、そこから出てくるのを見かけたような気がしたけど……」

「ひと違いでしょう。あっしは番屋になんぞ用はねえ」

「昨日も来て今日も来るやなんて、えらいお稽古熱心やなあ」

「芸ごとが好きでね」

「それやったら師匠の三味線、聴いていったらどや」

「ちょいと野暮用これあり候ってやつで……失礼します」

あたふたと帰っていく虎二の背中を伊太郎は穴の開くほど見つめていたが、

「なんか気になるやつやなあ……」

とつぶやくと絹に視線を戻した。絹は細棹の三味線を抱えて、調子を合わせ、「娘道成寺」のチンチリレンの合方を弾きはじめた。その達者な指さばきに伊太郎は見惚れた。

「さすが師匠、上手いもんや」

絹は弾き終えると、三味線をじっと見たあと、目の涙を拭った。

「師匠、どないしましたんや」

「いえ……目にゴミが入っただけです」

「そうかいな。わたいはまた、なんぞ悲しいことでもあるのかと思た。――ほな、これで去にますわ。入門させていただくかどうかは、もうしばらく考えさせとくなはれ」

「よろしくお願いいたします」

伊太郎は戸を開けて外に出たが、急に振り返ると、

「そうそう、忘れてた。さっき、番屋で榊原の手網と魚籠を見せてもろたあと、お屋敷まで行って、同僚の侍にきいたのやが、おとといの晩は俳諧の会に呼ばれてたはずで、手網とか魚籠なんぞ持ってるはずがない、て言うのや。なにか心当たりはおまへんかいな」

「さ、さあ……私にはとんと……」

「そらそやろな。また来ます」

伊太郎は帰っていった。悄然としている絹に加代が言った。

「おまえ……その三味線がどうかしたのかい？」

「なんでそんなことを……」

「私の耳はごまかせないよ。今の『娘道成寺』、おまえの音が『この三味線を弾くの

もこれで最後だ……これで最後だ……』と聞こえた。そんなことはこれまで一度もなかったよ」

　絹はぼろぼろと涙をこぼし、

「この三味線を売って、もっと安いものに買い替えようと思っているのです」

「なにゆえそのようなことを……」

「あの……お金がないのです」

「私の薬代かえ？」

「…………」

　加代はしばらく下を向いていたが、

「金に恨みは数々ござる……というやつだね。私がおまえに迷惑をかけているのはよく承知しています。ああ、もう生きていても仕方ないねえ」

「母上、そのようなことを……」

「わかったよ。これだけは使いたくなかったけど……」

　そう言うと、自分の箱枕を絹に渡し、

「なかを見てごらん」

　そこには油紙に包んだものが入っていた。取り出してみると小判で十両あった。

「母上、これは……」

「おまえのお父さんが戯作とやらで稼いだお金。おまえがいずれ嫁に行くときの結納に、ということだったが、私はそんな世渡りで得たお金は嫌だったからここに隠してあったのさ。おまえが大事な三味線を売らねばならないなら、このお金を使いなさい」

その十両は手のなかでずっしりと重く感じられた。

「申し訳ありません。このお金……使わせていただきます」

「なにに使うか知らないけど、わけはききません。おまえさえ無事なら私はそれでいいから……」

「はい……いつかかならずわけはお話しします」

金を押しいただいて財布にしまうと、絹は家を出た。虎二の住まいは聞いているが、訪ねるのは初めてだ。ようよう探し当て、

「すみません。虎二さんはこちらですか」

なかから、

「これはこれは……貧乏長屋に鶴のご入来だ。さあさ、どうぞ入っておくんなせえ」

絹は戸を細めに開けて滑り込むようになかに入ると、後ろでにぴしゃりと戸を閉め

た。

「へへへ……よく来てくださった」

絹は震えながら財布を出し、

「これが約束のお金です。お納めください」

虎二はにやにやしながらそれを受け取ると、ひいふうみい……と数えて、

「たしかに十両ござんすね。工面にもっと暇がかかるかと思っていたが、さすがは師匠だ。十両ぐれえのはした金はすぐにできるんですねえ」

「はした金……？」

それは死んだ父親が自分のために残してくれた金なのだ。しかし、絹はなにも言わず、

「これでなにもかも黙っていてくださいますね」

「そりゃあもう……そういう約束ですから」

「あの手ぬぐいを返してください」

「いや、あれはもらっておきましょう。だれにも見せねえからご安心なさい」

そう言われると、絹にはそれ以上強くは言えなかった。

「お稽古には来ないでください。虎二さんとは今日でお別れです」

「へへ……師匠、そんなつれないことを言いなさんな。榊原さんが死んじまったんだから、あっしは師匠んとこの連名頭ですぜ。これまで通り、通わせてもらいましょう」

虎二は意味ありげに笑うと、金をふところに入れた。

数日後、虎二は稽古に来た。絹をまたしても家の外に連れ出してにやにや笑っている。

「もう来ないでと……」
「まあ、そう嫌がりなさんな」
「私にはもう用はないはずです」
「ところが用があるのさ。師匠、十両ばかり都合してもらえねえかね」

絹は血相を変えた。

「このままお渡ししたじゃありませんか！」
「でけえ声を出すとおっかさんに聞こえますぜ。——あの金、おっことしちまってねえ、もうねえんだ」

「嘘です」

「へへへ……ほんとのこと言うと、あちこちに借金を返したあと、残りを増やそうと思って博打に突っ込んだらひと晩でスッちまったうえに、またぞろ悪い借金ができちまった。頼みますよ。師匠なら十両ぐれえすぐにこしらえられるでしょう」

「うちにはもうお金はありません」

「だったら借金してでも十両もらいてえ。でないと、これですぜ」

虎二はふところからちらりと手ぬぐいを見せた。絹がそれを奪おうとすると、

「おーっと……」

虎二は身体をよじってかわし、

「この手ぬぐいは大事な金づるだ。取られてたまるもんけえ」

そして、しゃがみ込んだ絹を見下ろして、冷ややかな口調で言った。

「今夜、十両、うちまで届けてくんな。もし届かなかったら、そのときゃ明日の朝一番にお奉行所に駆け込むまでだ。あっしを悪く思うなよ。榊原さんを殺したあんたが悪いんだからな」

そう言い捨てると、虎二は歩き去った。絹はしばらくその場で震えていたが、やがて立ち上がると、家に入り、考えたあげく三挺の三味線を手にした。出ていこうとす

る絹に気づいた加代が、

「三味線なんか持ってどうするつもりだね」

「母上……どうしてももう少しお金が入用なのです」

「おまえ……今、虎二さんが来ていたようだが、なにか関わりがあるのかい」

「いえ……」

そう言うと、絹は振り切るように家を出ていった。

## 4

「今日も豆腐の味噌汁にこうこのおかずか。身体から油っけがのうなっていくなあ。たまには塩サバでええさかい久しぶりに顔みたいもんやな」

膳をまえにして伊太郎がぼやいた。しかし、すでに飯は四杯目である。食欲は旺盛のようだ。おぼんが横眼でにらみながら、

「世の中には図々しい人間てえもんがいるんだねえ。あたしゃ感心したよ。たいがいの居候は『三杯目にはそっと出し』とかいって気を使うもんだけど、そんなこたぁつゆも思わない居候もいるんだねえ」

伊太郎が、

「おかみさん、わたいは自分で飯をよそってるんです。おかみさんの手を煩わさないように気ぃ遣(つこ)ておますのやで。『そっと出し』なんてことをするのは、居候の素人や」

「ふん、あんたが自分で給仕すると、好きなだけおまんまを盛るんで、それはそれで困るんだよ。毎日毎日そんなに食うんなら、いくらかお金を入れてくれないとねえ」

「はっはっはっ……入れとうてもお金がおまへんのや」

「働けばいいだろう?」

「働くのは死んでもいやや」

「なら、その三味線を売っぱらえばいいじゃないか」

「そんなこと指図される覚えはおまへん」

伴次がおろおろして、

「まあまあ……飯のときぐれえなごやかに食おうじゃねえか」

おぼんが、

「ふん! あんたが甘やかすから居候がつけあがるんだよ。あたしゃもう知らないから!」

そう言うと、ぷいと家を出ていってしまった。伴次は額の汗を拭うと、

「若旦那、頼みますよ。俺ぁはらはらして、飯が喉を通りませんでしたぜ」

「あかんなあ、おまえは。あんなもん、遠くで雷が鳴ってるなあ、ぐらいに思てたらええのや。――ほな、出かけてくるわ」

　立ち上がった伊太郎に、

「若旦那、三味線持ってどこに行くんです。まさかかかあの言うことを聞いて、売り払いに……」

「アホか。大事な大事なおぺんぺんちゃんを売るわけないやろ。稽古屋に行くのや」

　伴次は真顔になって、

「それはいけません。親旦那に知れたら勘当が……」

「遊びに行くのやないで。御用の筋や」

「どういうことです？　錦糸堀の一件は、榊原てえ侍は酔っぱらって堀に落ちて溺れ死んだ、『置いていけえ』の声は、ちょうどそのとき魚を盗みに来ていただれかが、それをごまかすためにそんな声を聞かせて、手網と魚籠を放り出して帰った……てえことにお奉行所では決したみてえです。つまり、ふたつの件は関係がねえ。俺たちの仕事はもう終わったんですぜ」

「終わってない。あの件はもう少し根が深いと思うのや」

「若旦那は目明しじゃあねえんだ。頼むからじっとしていてくだせえ」

「そうはいかんのや」

そう言うと伊太郎は家を出ていった。伴次はため息をつくと、おひつを開けて、飯をよそいはじめた。

◇

「こんにちはー」

入ってきた伊太郎を見て、絹は顔を曇らせた。その表情を目ざとく見つけた伊太郎は、

「師匠、そう嫌がらんでもええがな。言いましたやろ、お上の御用やない。ただただお三味線を習いたいだけや、とな。それに、榊原ゆう侍の件は、酔っぱらって堀に落ちた、ということになったみたいだっせ」

「え……？　そうですか」

「ははは……えらい喜んでる」

「喜んでなんかいません」

「まあ、ええわ。とにかくお稽古をお願いします」

伊太郎は袋から三味線を取り出した。絹の顔が輝いた。

「いい三味線ですね！」

「金に糸目をつけずに作らせました。けど……大坂から江戸まで門付けしながら来たんでなあ、今となっては大事な相方みたいなもんや」

「もしかしたら石村近江の作ではないでしょうか」

「さすが師匠、お目が高い。そのとおりだす」

「値踏みして失礼ですが、三百両はしたのとちがいますか」

「惜しいなあ。もうちょっとうえ……四百両だす」

絹はため息をつき、

「そんなけっこうな楽器のまえで、私の三味線出すのが恥ずかしいです」

「なにをおっしゃいます。こないだ見せていただいたけど、師匠のお三味線もなかなかけっこうなお品でおましたで」

「あれは……もうないのです」

伊太郎は、どないしはった、ときこうとして止めた。質入れしたに決まっている。

絹はもう一度ため息をつき、細棹の三味線を持ってきた。たしかにそれは安ものので、しかもかなり古びていた。皮もところどころ剝げていて、鳴りも悪そうに思えたが、伊太郎はなにも言わなかった。束脩（そくしゅう）（入門料）を渡したあと、絹は言った。

「なにをお稽古しましょうか」

「そやなあ……『吾妻八景（あずまはっけい）』でもお願いしまひょか」

「わかりました」

絹は伊太郎のまえで、手本を弾いてみせた。見事な演奏だった。隅々まで気持ちがこまやかに行き届いた、繊細かつ大胆な弾き方で、伊太郎は驚嘆した。

（上手い！　ああ……もっとええ三味線やったらもっともっと上手く聞こえるやろうに……。こんなひとがこんなボロい長屋で素人相手の稽古屋をしてるやなんて考えられんなあ……）

名を挙げる、名を遺（のこ）すというのはたいへんなことなのだ、と伊太郎は思った。しかも……。

（このひとが下手人やとは……いや、そうとはまだ決まったわけやないのや。思い込みは禁物や……）

ひととおり稽古が終わったあと、絹は言った。

「私が教えるまでもないようなお腕まえですね。束脩をお返ししたい気持ちです」

「あっはっはっ……とんでもない。わたいこそ、師匠のすばらしさを目の当たりにして驚いとります。——あの……師匠」

「はい……？」

「なんぞ心配ごとがおありなら、わたいでよかったら相談に乗りまっせ」

絹は一瞬、すがるような目つきになったが、

「いえ……なにもございません」

「さよか……」

伊太郎は深々と頭を下げ、

「お稽古、ありがとうございました」

そう言った。

◇

それから十日ほど、伊太郎は稽古に通い詰めた。ほかの弟子たちとも顔なじみになった。しかし、虎二はやってこなかった。

「伊太郎さん、あんた、居候のくせにこんなところでぶらぶらしてていいのかね」

弟子のひとりが言った。

「家にいるとどうしてもおかみさんと揉めるさかいな、出かけてるほうがええのや」

「ええ身分だねと言いてえが、よく我慢できるねえ」

「そこを我慢できたら、この世で居候ほど楽な商売はおまへんで」

皆は笑った。伊太郎はこの稽古屋の人気者になっていた。絹が、

「これで『吾妻八景』のお稽古は上がりです。つぎはどうしましょうか」

「そやなあ……『勧進帳(かんじんちょう)』でもお願いしまひょか」

「わかりました」

伊太郎たちが皆帰ったあと、加代が言った。

「あの伊太郎さんという方はひょうきんなおひとだねえ。ああいうひとがいると座がぱっと明るくなる。ありがたいことだ」

「そうですね。私もお稽古のあいだずっと笑いどおしでした。でも、お上の御用を務めているお方だと聞いておりますから……」

「どうもそうは見えない」

「ほほほ……母上、口の悪い……」

「あら、三味線を忘れていってるよ。間が抜けてるねえ」

「預かっておいて、今度来たときにお渡ししましょう」

そこに、虎二が入ってきた。うしろに派手な羽織を着た男が従っている。

「今日はお稽古の日でしたか？」

　絹が言うと、

「そうじゃねえんだが……上がらせてもらうよ」

　ふたりは上がり框に腰を掛けた。虎二が、

「師匠、またよろしく頼まあ。今度は五十両だ」

　もう、加代に気を遣って外で話す、ということすらしない。絹は、

「お金はありません。帰ってください」

「これで最後にするよ。約束だ」

「ですから、お金がないのです」

　虎二はかたわらの男を見やり、

「お見立てはどうでえ、兵六（ひょうろく）さん。歳は十九だ」

「かなりの上玉だねえ。これなら五十両どころかもっと高く売れるぜ」

「へへへ、お墨付きがついた」

　虎二は絹に、

「こちらさんは『むじなの兵六』っていうお方でね、賭場で知り合ったんだが、師匠のことを言うとすぐに『見てみたい』とおっしゃったんで連れてきたのさ」

「なにをなさっているお方でしょう……」

「女衒(ぜげん)さ」

　絹の顔から血の気が引いた。兵六は下卑た笑いを浮かべ、

「虎さん、女衒たあ人聞きが悪い。せめて『判人(はんにん)』と言ってくれ」

「言いかえたっておんなじことじゃねえか。とにかくひと買い稼業のお方だ。色里に女を売って口銭を稼いでなさるのさ。喜んでくれ。師匠は五十両で売れるそうだぜ」

「私は身売りするつもりはありません」

「そっちになくってもこっちにゃあるんだ。借金のうちふたつは返したんだが、いちばんでけえのがまだ片付いてねえ。今日までに五十両の金がねえと、俺の首が……いや、そんなことはどうだっていい。とにかく金がねえなら身を売ってこしらえてもらうしかねえんだ。なあに、十年の辛抱だ。すぐに終わらあね」

「絶対に嫌です。私は病気の母上の世話をしなければなりません」

「俺の知ったこっちゃねえや。じゃあ、兵六さん、あとは任せたぜ」

「じゃあ早速……」

　兵六が絹の腕を摑んだとき、加代が土間に転げるように下りると、包丁を持って兵六に斬りかかった。

「なんでえ、このババア！」

兵六はあわててかわしたが、加代は必死で包丁を振り回す。虎二が加代に背後から近づき、羽交い絞めにしてから包丁をもぎ取った。

「この野郎、おとなしくしねえか！」

「このまえから絹が、お金がいるお金がいるって言ってたのはおまえのせいだったのか。この子の父親が残したお金も、立派な三味線も、おまえのふところに入ったんだね。許せない……！」

「へへへ……師匠は榊原さんを殺しちまったんだぜ。捕まってお仕置きになるのがいいか、女郎に売られて十年辛抱するのがいいか……どっちがいい？」

加代が絹に、

「榊原さんを殺した……それほんとなのかい？」

「あのひとは私に襲い掛かってきたんです。必死に突き飛ばしたら堀に落ちて……」

虎二が、

「それだけじゃねえよ。師匠はお上ご用達の生簀から魚を獲ってたのさ。そうだろ、師匠」

絹は下を向いた。

「さあ、いつまでも駄々こねてねえで、行きましょうかね」

絹の手首をぎゅうっと握りしめた兵六がそう言ったとき、

「ごめんやす」

入ってきたのは伊太郎だった。

「ちょっと忘れもんがあって、取りにきましたんや。――あった、あった」

伊太郎は三味線を手にすると、

「おや、虎二さん、お久しぶり。見かけんお方がいてはるけど師匠と手ぇつないで仲がよろしいなあ」

兵六は手を離した。虎二が、

「今日限りで稽古屋はおしめえだ。帰った方がいいぜ」

「なんで稽古屋やめるんや?」

「いろいろ事情があって、師匠は身売りすることになったのさ。さあ、帰った帰った」

「そうはいかん。わたいは『勧進帳』をお稽古せなあかんのや。ねえ、師匠」

「私は身売りなどするつもりはありません」

虎二はにやりと笑い、

「そんなこと言ってもいいのかい？　このおひとはお上の御用を務めてるそうだ。俺が一言言ったらどうなるか……」

伊太郎が、

「ほう、聞き捨てならんなあ。あんたが一言言ったらどうなるのや」

絹はなにか決心した様子でまえに出ると、

「虎二さん、伊太郎さんに私のことを言いたいなら言ってください。私はあなたに金を搾り取られるのはもうごめんです。母上を置いて身を売るぐらいなら、伊太郎さんに召し捕られた方がましです」

伊太郎は虎二に向き直り、

「わたいになにか言いたいんやったら聞いてさしあげるで」

虎二は絹に、

「師匠、本当にいいんだな。あとで後悔するなよ」

絹ははっきりとうなずいた。

「そうかいそうかい。命を助けてやろうと思っていたが、あんたがお望みなら言ってやる。この師匠はな、お上御用達の生簀から魚を獲ってたんだ。それを見つかって、榊原さんを堀に突き落として殺したのさ」

絹は、

「榊原さまが私に襲い掛かってきたのです。夢中で突いたら堀に落ちて……」

加代が、

「そうじゃない。あれは私がやったんだ。魚を獲っていたのも私です。伊太郎さん、私を召し捕ってください」

「母上……」

絹は母親の気遣いに涙をこぼしたが、虎二は鼻で笑って、

「馬鹿馬鹿しい。重病人のあんたがどうやってここから錦糸堀まで行くんだね。——聞いたでしょう、伊太郎さん。師匠を、いや、この女(あま)を召し捕っておくんなせえ」

伊太郎はしばらく考えていたが、

「虎二さん、師匠がやった、ゆう証拠があるか?」

「証拠?　番屋に置いてある手網と魚籠、あれは師匠の持ちものだぜ」

「名前でも書いてあるのか?　わたいも見たけど、どこにでもある手網と魚籠やったで。どうやってあれが師匠のものやと吟味役の旦那に納得させるつもりや」

「だったら、これはどうだ」

虎二は手ぬぐいを取り出して、伊太郎の目のまえでひらひらと振った。

「こいつぁ俺が錦糸堀で拾ったんだ。師匠がいつも使ってた手ぬぐいさ。稽古に来てる連中、みんなよく知ってるはずだ。——どうでえ、ぐうの音も出るめえ」

「ははは……それも一緒や。師匠も使うてはったかもしれんけど、おんなじ手ぬぐいを持ってるもんは江戸中にぎょうさんおるやろ。それをいちいち確かめるつもりか？」

「うう……」

「ほかには？　もっとしっかりした動かぬ証拠はないんかいな」

「…………」

「おいおい、そんなええかげんな種だけで師匠から大金をゆすってたんかいな。お奉行所の方ではな、榊原の件は酔ったはずみに堀に落ちて死んだ、ゆうことで一件落着しとるのや。それをひっくり返すつもりなら、よほどの証拠がないと、慮外もの扱いされるやろなあ」

　虎二の顔に脂汗がにじみ始めた。

「それに、ゆすり、たかりは天下の大罪やで。師匠を罪に陥れるんやったらあんたもえらいことになる覚悟はできとるのやろな」

　むじなの兵六が虎二に、

「なんだか雲行きが怪しくなってきたようだな。俺ぁここで帰らせていただくぜ」

そう言うと、こそこそと出ていった。入れ替わりに入ってきたのが三人の、人相の悪い男たちだった。尻端折りをして、この寒空にもかかわらず、裸身に半纏を引っ掛けている。足は裸足で、長脇差を腰にぶち込んでいる。どこからどう見てもヤクザそのものだ。

「おう、虎二。おめえの長屋に行ったらここじゃないかって言われたんで来てみたら案の定だ。呑気に稽古屋なんぞに来てるところをみると、金は揃ったんだろうな。さあ、五十両、出してもらおうか。親分がお待ちかねだ」

「す、すまねえ、もうちっと待ってくんねえ」

無精髭を生やしたひとりがずいと進み出ると、

「金を作るあてがある、今日中になんとかするって言ってたのは、ありゃあ出まかせか？　俺たちをなめてたらどうなるか教えてやらあ」

男は虎二の胸ぐらを摑んで土間に引きずり倒すと、顔面を泥足で踏んづけ、泥を虎二の顔になすりつけた。

「とんだ『足洗邸』だな」

「痛え痛え……やめてくれっ」

男はなおも顔を踏みにじったあと、虎二を立たせると、

「親分のところに連れていってやらあ」

「嫌だ嫌だ、堪忍してくれ」

「じゃあ、地獄へ行くか」

三人の男たちは虎二を引っ立てていった。絹は緊張の糸が切れたのか、気を失って倒れた。伊太郎が抱え起こし、

「師匠、大丈夫か？」

絹はうっすら目を開けて、

「はい……伊太郎さん、私を召し捕ってください。伊太郎さんにお縄になるなら本望です」

「ははは……なに言うとるのや。わたいは目明しやない。面白半分にときどき伴次親分にくっついて下っ引きみたいな顔することもあるけどな、伴次親分の二階でごろごろしてるただの居候や。それにしてもえらい目に遭うたなあ。お金は戻ってこんかもしれんけど、命さえあれば、師匠の腕ならこれからなんぼでも稼げまっせ」

「では、私のことを……」

「内緒にしときまっさ。もし、虎二がまた来たら、そのときはわたいに言うとくなは

れ。わたいから伴次親分に口利いたげる」

「ありがとうございます……」

三人は稽古場に座った。伊太郎は、

「もう魚獲りはやめときなはれや」

「はい……」

「それにしても、錦糸堀とは上手い名前をつけたもんやなあ。魚獲り禁止の堀やから禁止堀というてたのが、錦糸堀になったのかもしれん。まさか師匠が虎二に金を搾り取られてたさかい金搾りが錦糸堀になったのやないやろな」

ゆすられていたことを伊太郎が洒落のめすと加代が噴き出して、

「相変わらず面白いお方。そんな風に言うと、暗い出来事だったはずが笑ってしまいます。——そう言えば死んだ主人も、始終そんなことばかり申しておりました。私は当時、侍のくせにくだらない戯作ばかり書いて……と軽蔑しておりましたが、今考えると、主人は大勢のひとを笑わせて、楽しませようと心を砕いていたのかもしれません」

絹が、

「そうですよ、母上。父上はいつも面白いこと、不思議なこと、怖いことを考えては私に話してくださいました。苦しい暮らしのなかから私の結納のためのお金まで残してくださって……たとえ戯作者として後世に名前が残せなくても、私は父上を慕っております」

「そうだねえ。私が間違っていたのかもしれない……」

「そのことやけどな……」

伊太郎が、

「今の錦糸堀と金拵りの語呂合わせから思いついたのやけど、師匠のお父上は戯作者だけに言葉遊びが好きやったのとちがうか?」

「はい……言葉を逆さにしたり、順番を変えたり、つなぎ合わせたりして楽しんでおりました」

「『本所七不思議』のことやけど、お加代さんは昔は聞いたことがなかった、て言うてはったなあ」

「そうです。いつのまにか皆が口にするようになって、七不思議は千住や馬喰町、深川、番町(ばんちょう)、麻布(あざぶ)……なんぞにもございますが、今では江戸中のひとが、七不思議といえば本所のもののように申しております。私が知らなかっただけかもしれませんが……」

「師匠は、子どものころにお父上から教わった、て言うてはったなあ」

「はい、そのときのことはよく覚えています。父は『本所七不思議怪』という狂言も書いておりますし……」

伊太郎は腕組みをしてなにやら考えていたが、

「わかった……！　お父上は後世に立派に名を残してはりまっせ」

絹と加代が同時に、

「どういうことでしょう？」

「あのな……なんで『七不思議』やのに本所のだけ八つあるんやろ」

絹が、

「さあ……考えたこともありません」

伊太郎は半紙を一枚もらうとそこに、

おくり拍子木
おくり提灯
おいてけ堀
かた葉の葦

たぬき囃子
つがるの太鼓
あし洗邸
きえずの行灯

と書き付けた。

「この頭の文字だけ続けてよんでみなはれ」

絹が、

「おおおかたつあき……大岡辰明！　父の……父の名前です！」

「お父上は、七不思議のなかに自分の名前を織り込んだのや。つまり、今や江戸中で評判の本所七不思議の作者はお父上ゆうこっちゃ。お父上の名前は八文字やさかい、どうしても七不思議は八つ必要やったのやな」

絹は自然に涙が出ていた。

「本所七不思議のなかに父の名前が隠してあったなんて……」

「まだあるで。本所といえば四十七士の討ち入りがあったことで有名や。お父上は忠臣蔵を扱った戯作も書いてたのやろ」

「はい……『四十七義星』という題で、最後は両国橋を四十七人の義士が渡っていくという場面でした」

この題名は、橋の擬宝珠が四十七個ある、という意味と、忠義を表す星が天に四十七個ある、という意味をかけている。もちろん「星」は大星由良之助にも引っ掛けてあるのだ。伊太郎は同じ紙に、

よんじふななぎぼし

と書き付け、

「四十七は『しじゅうしち』と読むけど、『四』と『七』の読みが『死』に通じる、ゆうて嫌がるひともお侍のなかには多いさかいな。この順序を入れ替えると……」

ほんじよななふしぎ

絹と加代はアッと叫んだ。伊太郎は笑って、

「お父上はおもろいこと考えてたのやなあ……」

そう言って立ち上がった。

「もうお帰りですか？」

絹が言うと、

「早う帰らな、伴次親分の家で雷が鳴るのや。それとなあ……」

伊太郎は絹になにやら耳打ちすると、

「ほな、またいつか……」

帰っていく伊太郎の背中に向かってふたりはいつまでも頭を下げていた。

◇

「若旦那、あれはどうなったんです？」

夕食のとき、刻んだ葱(ねぎ)を実にした熱々の雑炊を掻き込みながら、伴次が言った。

「あれってなんや」

「榊原が溺れ死んだ件です。根が深い、とかなんとか言ってたでしょう？」

「ああ、そのことやったらもう飽きた。どっちゃでもええわ」

「ふーん……」

伴次は、なにかあったのを察した様子だったが、なにも言わなかった。

「それと……三味線が見当たりませんが、どうしちまったんです。まさか、質に入れたとか……」

「あの三味線は……ひとにやった」

「えっ？　あんな高い代物をタダでやっちまったんですか。もったいねえ……」

「ええねん。当分、弾くこともないやろからな」

「若旦那もなかなか真面目になってきなすったねえ。つぎは働いてくだせえ」

「アホ！　だれが働くかい。死んでも嫌や」

伴次はくすくす笑うと、

「なにがあったか知らねえが、今日はちょっと一杯いきますか。肴はねえが、この大根の浅漬けでも飲めらあね」

「ええなあ。おまえにしては話せるやないか。いこ、いこ」

「よしきた。そうこなくっちゃ。――おーい、おぼん、一本つけてくれ！」

「金を入れないやつに飲ませる酒はないよ！」

伴次が頭に人差し指を立ててこっそり鬼の真似をすると、

「おまえさん、いい度胸してるじゃないか。あたしに喧嘩を売る気かい？」

おぼんがすぐ後ろに立っていた。伴次は「ひっ」と声を上げた。

〈初出〉
「猪はどこに行った」　Ｗｅｂジェイ・ノベル　２０２４年３月28日配信
「黙って座れば殺される」　書き下ろし
「七不思議なのに八つある」書き下ろし

## 実業之日本社文庫　最新刊

蒼月海里
### 海風デリバリー
高校を卒業し「かもめ配達」に就職した海原ソラは、様々な人と触れ合い成長していくが……。東京湾岸を舞台にした〝爽快&胸熱〟青春お仕事ストーリー!!
あ31 1

梓 林太郎
### 越後・親不知 翡翠の殺人 私立探偵・小仏太郎
京都、金沢、新潟・親不知……山小屋の男の失踪の裏には十八年前の殺人事件が!? 彼は被害者か犯人か? 七色の殺意を呼ぶ死の断崖!（解説・山前 譲）
あ3 18

荒崎一海
### 孤剣乱斬　闇を斬る　七
若い男女が心中を装い殺されるが、二人に直接の繋がりはなく「闇」の仕業らしい。苦難の道を歩む剣士・鷹森真九郎の孤高の剣が舞い乱れるシリーズ最終巻!
あ28 7

井川香四郎
### 紅い月　浮世絵おたふく三姉妹
三社祭りで選ばれた「小町娘」が相次いで惨殺された。新たな犠牲者を出さぬため、水茶屋「おたふく」の三姉妹が真相解明に乗り出す! 待望のシリーズ第二弾。
い10 10

加藤 元
### もりのかいぶつ
毒親に翻弄される少女に生きる理由と場所を与えてくれたのは、本だらけの家に住む偏屈な魔女の「おばさん」と「猫」だった——。感涙必至の少女成長譚!!
か10 3

近藤史恵
### たまごの旅人
ひよっこ旅行添乗員・遥は、異国の地でひとり奮闘を続けるが、思わぬ事態が起こり……人生の転機と旅立ちを描くウェルメイドな物語。（解説・藤田香織）
こ3 7

沢里裕二
### 処女刑事　新宿ラストソング
新人女優が、歌舞伎町のホストクラブのビルから飛び下り自殺した。真木洋子×松重豊幸コンビは、若い女性を食い物にする巨悪と決戦へ! 驚愕の最終巻!?
さ3 20

# 実業之日本社文庫　最新刊

## 実業之日本社文庫　好評既刊

# 実業之日本社文庫　好評既刊

風野真知雄
## 「おくのほそ道」殺人事件　歴史探偵・月村弘平の事件簿

俳聖・松尾芭蕉の謎が死を誘う!?　ご先祖が八丁堀同心の若き歴史研究家・月村弘平が恋人の警視庁捜査一課の上田夕湖とともに連続殺人事件の真相に迫る！

か１６

風野真知雄
## 坂本龍馬殺人事件　歴史探偵・月村弘平の事件簿

〈現代の坂本龍馬〉コンテストで一位になった男が殺された。先祖が八丁堀同心の歴史ライター・月村弘平が、幕末と現代の二人の龍馬暗殺の謎を鮮やかに解く！

か１７

風野真知雄
## 東京駅の歴史殺人事件　歴史探偵・月村弘平の事件簿

東京駅で連続殺人事件が起きた。二つの事件現場はかつて二人の首相が暗殺された場所だった。月村と恋人の刑事・夕湖が真相に迫る書下ろしミステリー！

か１８

風野真知雄
## 葛飾北斎殺人事件　歴史探偵・月村弘平の事件簿

天才絵師・葛飾北斎ゆかりの場所で相次いで死体が発見された。名画が謎を呼ぶ連続殺人の真相は!?　ご先祖が八丁堀同心の歴史探偵・月村弘平が解き明かす！

か１９

風野真知雄
## 月の光のために　大奥同心・村雨広の純心　新装版

大奥に渦巻く陰謀を剣豪同心が秘剣で斬る——新井白石の家臣・村雨広は、剣の腕を見込まれ大奥の警護役に。紀州藩主・徳川吉宗の黒い陰謀が襲い掛かる…！

か１１０

## 実業之日本社文庫　好評既刊

**風野真知雄**
**消えた将軍　大奥同心・村雨広の純心　新装版**

紀州藩主・徳川吉宗の策謀により同じ御三家尾張藩の異形の忍者たちが大奥に忍び込む。命を狙われた将軍・徳川家継を大奥同心は守れるのか…シリーズ第2弾。

か1 11

**風野真知雄**
**江戸城仰天　大奥同心・村雨広の純心　新装版**

御三家の野望に必殺の一撃――尾張藩に続き水戸藩も忍びを江戸城に潜入させ、城内を大混乱に陥れる。同心と謎の能面忍者の対決の行方は？　シリーズ第3弾。

か1 12

**梶よう子**
**商い同心　千客万来事件帖　新装版**

正しい値で売らないと悪行になっちまう――物の値段を見張り、店に指導する役回りの〈商い同心〉。値段の裏にある謎と悪事の真相に迫る！（解説・細谷正充）

か7 2

**河治和香**
**どぜう屋助七**

これぞ下町の味、江戸っ子の意地！　老舗「駒形どぜう」を舞台に描く笑いと涙の江戸グルメ小説。料理評論家・山本益博さんも舌鼓！（解説・末國善己）

か8 1

**倉阪鬼一郎**
**えん結び　新・人情料理わん屋**

「わん屋」の姉妹店「えん屋」が見世びらきすることに。準備のさなか、里親探しの刷物を配る僧を見かけた易者は、妙なものを感じる。その正体とは……。

く4 12

実業之日本社文庫 た66

若旦那は名探偵　七不思議なのに八つある

2024年6月15日　初版第1刷発行

著　者　田中啓文

発行者　岩野裕一
発行所　株式会社実業之日本社
〒107-0062　東京都港区南青山6-6-22 emergence 2
電話［編集］03(6809)0473［販売］03(6809)0495
ホームページ　https://www.j-n.co.jp/
ＤＴＰ　ラッシュ
印刷所　大日本印刷株式会社
製本所　大日本印刷株式会社

フォーマットデザイン　鈴木正道（Suzuki Design）


ISBN978-4-408-55891-2（第二文芸）